Friedrich Baron de la Motte Fouqué

Undine

Friedrich Baron de la Motte Fouqué

Undine

ISBN/EAN: 9783743632264

Hergestellt in Europa, USA, Kanada, Australien, Japan

Cover: Foto ©Andreas Hilbeck / pixelio.de

Weitere Bücher finden Sie auf **www.hansebooks.com**

Undine.

Eine Erzählung

von

Friedrich Baron de La Motte Fouqué.

mit Wörterbuch.

Boston,
S. R. Urbino, 13 School Str.

New York,   Philadelphia,
F. W. Christern, 763 Broadway.   F. Leypoldt, 1323 Chestnut Str.

1865.

Friedrich Freiherr de La Motte Fouqué.

Friedrich Heinrich Karl, Freiherr de La Motte Fouqué, bekannt als Dichter, geboren zu Brandenburg am 12. Februar 1777, machte nebst seinem unglücklichen Freunde, H. von Kleist, als Lieutenant im Regimente der preußischen Garde du Corps den Feldzug am Rhein in den neunziger Jahren mit und lebte hierauf in ländlicher Stille den Musen. Anfangs als Lieutenant, dann als Rittmeister, wohnte er den bedeutendsten Schlachten des Freiheitskrieges von 1813 bei, bis er in Folge körperlicher Anstrengung sich genöthigt sah, den Abschied zu nehmen, den er mit dem Majorscharakter erhielt. Später lebte er abwechselnd zu Berlin und auf seinem Gute Nennhausen bei Rathenow, dann mehre Jahre zu Halle und starb zu Berlin am 23. Januar 1843. Als Dichter trat er zuerst unter dem Namen Pellegrin auf; er übersetzte des Cervantes "Numancia" und dichtete Einiges im Geiste der spanischen Poesie. In dieselbe Zeit fallen der Roman "Alwin" (2 Bde.), die "Historie des edlen Ritters Galmy und einer schönen Herzogin aus Bretagne" und einige Schauspiele. Indessen schien ihn doch der Geist der nordischen Sage und altdeutschen Dichtung am meisten anzusprechen, den er auch mit bewunderungswürdiger Fruchtbarkeit in mehren Werken dargelegt hat. Diesen kraftvollen Geist athmet vor Allem das dramatische Gedicht "Sigurd, der Schlangentödter" (Berlin, 1809, 4.), mit dem er zuerst unter seinem wahren Namen auftrat. Ferner gehören hieher die vaterländischen Schauspiele "Alboin, der Longobardenkönig" und "Eginhard und Emma;" verzüglich aber „Der Zauberring" (3 Bde., Nürnberg, 1816). Unter seinen zum Theil vortrefflichen kleinen Erzählungen steht das zarte, sinnvolle, in fast alle europäische Sprachen übersetzte Märchen „Undine" (Berlin, 1813; 6. Aufl., 1841) allen voran. Unter seinen übrigen Schriften sind zu erwähnen das romantische Heldengedicht „Corona" (Berlin, 1814), „Die Fahrten Thiodolf's" (2 Bde., Hamburg, 1815), „Sängers Liebe" (Tübingen 1816), Altsächsischer Bilderjaal"(4 Bde., Nürnberg, 1818—19), das geschichtliche Epos „Bertrand du Guesclin" (3 Bde., Leipzig, 1821), „Der Verfolgte" (3 Bde., Berlin, 1821), „Der Sängerkrieg auf der Wartburg" (Berlin, 1828), seine seltsame, von ihm selbst aufgezeichnete „Lebensgeschichte" (Halle, 1840) und der Roman „Abfall und Buße oder der Seelenspiegel" (Berlin, 1844). Fouqué schließt sich im Allgemeinen der romantischen Schule an; Religiösität, Ritterlichkeit und Galanterie sind die Grundelemente seiner Dichtungen, und obgleich er in seinen poetischen Formen nicht selten gezwungen, hart und launenhaft spielend erscheint, namentlich in seinen Dramen, so offenbart sich doch überall eine Fülle von Phantasie und ein eigenthümlich kräftiges poetisches Leben. Später erschien er immer manierirter, pietistischer und feudalistisch-aristokratischer, so daß er zuletzt mit dem Geiste der Zeit, z. B. in seinen Gedichten „Die Weltreiche" (Halle, 1835—40), in einem direkten Gegensatz stand, da er seine mittelalterigen Illusionen nicht los werden konnte. Doch ist ihm dabei nichts Gemachtes noch Geheucheltes vorzuwerfen; vielmehr bildet diese Richtung einen durchgehenden Grundzug seines Wesens. Seiner Richtung treu, gab er mit L. von Alvensleben die „Zeitung für den deutschen Adel" (1840—41) heraus. Er selbst besorgte eine Ausgabe seiner „Auserwählte Werke" (12 Bde., Halle, 1841.)

Auch seine erste Gattin, Karoline von Briest, geschiedene von Rochow, geboren zu Nennhausen, 1773, ist als fruchtbare

Schriftstellerin bekannt. Mehrere ihrer Romane, ihre „Briefe über Zweck und Richtung weiblicher Bildung" (Berlin, 1811), sowie ihre „Briefe über die griechische Mythologie" (Berlin, 1812) sind mit Achtung zu nennen. Einige ihrer erzählenden Dichtungen zeichnen sich durch einzelne tiefe Blicke in das menschliche, vorzüglich weibliche Herz aus. Sie starb zu Nennhausen am 21. Juli 1831. Ihre Briefe und kleinen Aufsätze wurden nach ihrem Tode unter dem Titel „Der Schreibtisch, oder alte und neue Zeit" (Köln, 1833) gesammelt.

Zueignung.

Undine, liebes Bildchen Du,
   Seit ich zuerst aus alten Kunden
   Dein seltsam Leuchten aufgefunden,
   Wie sangst Du oft mein Herz in Ruh!
Wie schmiegtest Du Dich an mich lind,
   Und wolltest alle Deine Klagen
   Ganz sacht nur in das Ohr mir sagen,
   Ein halb verwöhnt, halb scheues Kind.
Doch meine Zither tönte nach
   Aus ihrer goldbezognen Pforte
   Jedwedes Deiner leisen Worte,
   Bis fern man davon hört' und sprach.
Und manch ein Herz gewann Dich lieb,
   Trotz Deinem launisch dunklen Wesen,
   Und viele möchten gerne lesen
   Ein Büchlein, das von Dir ich schrieb.
Heut wollen sie nun allzumal
   Die Kunde wiederum vernehmen.
   Darfst Dich, Undinchen, gar nicht schämen!
   Nein, tritt vertraulich in den Saal.
Grüß sittig jeden edlen Herrn,
   Doch grüß' vor Allen mit Vertrauen
   Die lieben, schönen deutschen Frauen;
   Ich weiß, die haben Dich recht gern.
Und fragt dann eine wohl nach mir,
   So sprich: „Er ist ein treuer Ritter,
   Und dient den Frau'n mit Schwerdt und Zither
   Bei Tanz und Mahl, Fest und Turnier."

Undine.

Erstes Kapitel.
Wie der Ritter zu dem Fischer kam.

Es mögen nun wohl schon viele hundert Jahre her sein, da gab es einmal einen alten guten Fischer, der saß eines schönen Abends vor der Thür und flickte seine Netze. Er wohnte aber in einer überaus anmuthigen Gegend. Der grüne Boden, worauf seine Hütte gebaut war, streckte sich weit in einen großen Landsee hinaus, und es schien eben so wohl, die Erdzunge habe sich aus Liebe zu der bläulich klaren, wunderhellen Fluth, in diese hinein gedrängt, als auch, das Wasser habe mit verliebten Armen nach der schönen Aue gegriffen, nach ihren hoch schwankenden Gräsern und Blumen, und nach dem erquicklichen Schatten ihrer Bäume. Eins ging bei dem Andern zu Gaste, und eben deshalb war Jegliches so schön. Von Menschen freilich war an dieser hübschen Stelle wenig oder gar nichts anzutreffen, den Fischer und seine Hausleute ausgenommen. Denn hinter der Erdzunge lag ein sehr wilder Wald, den die mehrsten Leute wegen seiner Finsterniß und Unwegsamkeit, wie auch wegen der wundersamen Kreaturen und Gaukeleien, die man darin antreffen sollte, allzu sehr scheueten, um sich ohne Noth hinein zu begeben. Der alte fromme Fischer jedoch durchschritt ihn ohne Anfechtung zu vielen Malen, wenn er die köstlichen Fische, die er auf seiner schönen Landzunge fing, nach einer großen Stadt trug, welche nicht sehr weit hinter dem großen Walde lag. Es ward ihm wohl mehrentheils deswegen so leicht, durch den Forst zu ziehen, weil er fast keine andere, als fromme Gedanken hegte, und noch außerdem jedes Mal, wenn

er die verrufenen Schatten betrat, ein geistliches Lied aus heller
Kehle und aufrichtigem Herzen anzustimmen gewohnt war.
Da er nun an diesem Abend ganz arglos bei den Netzen saß,
kam ihm doch ein unversehener Schrecken an, als er es im
Waldesdunkel rauschen hörte, wie Roß und Mann, und sich
das Geräusch immer näher nach der Landzunge heraus zog.
Was er in manchen stürmischen Nächten von den Geheimnissen
des Forstes geträumt hatte, zuckte ihm nun auf ein Mal durch
den Sinn, vor Allem das Bild eines riesenmäßig langen, schnee=
weißen Mannes, der unaufhörlich auf eine seltsame Art mit
dem Kopfe nickte. Ja, als er die Augen nach dem Walde
aufhob, kam es ihm ganz eigentlich vor, als sehe er durch das
Laubgegitter den nickenden Mann hervorkommen. Er nahm
sich aber bald zusammen, erwägend, wie ihm doch niemals in
dem Walde selbsten was Bedenkliches widerfahren sei, und also
auf der freien Landzunge der böse Geist wohl noch minder
Gewalt über ihn ausüben dürfe. Zugleich betete er recht
kräftiglich einen biblischen Spruch laut aus dem Herzen heraus,
wodurch ihm der kecke Muth auch zurück kam, und er fast
lachend sah, wie sehr er sich geirrt hatte. Der weiße, nickende
Mann ward nämlich urplötzlich zu einem ihm längst wohl be=
kannten Bächlein, das schäumend aus dem Forste hervor rann,
und sich in den Landsee ergoß. Wer aber das Geräusch verur=
sacht hatte, war ein schön geschmückter Ritter, der zu Roß
durch den Baumschatten gegen die Hütte vorgeritten kam. Ein
scharlachrother Mantel hing ihm über sein veilchenblaues, gold=
gesticktes Wamms herab; von dem goldfarbigen Barette wall=
ten rothe und veilchenblaue Federn, am goldenen Wehrgehenke
blitzte ein ausnehmend schönes und reich verziertes Schwerdt.
Der weiße Hengst, der den Ritter trug, war schlankeren Baues,
als man es sonst bei Streitrossen zu sehen gewohnt ist, und trat
so leicht über den Rasen hin, daß dieser grüne bunte Teppich
auch nicht die mindeste Verletzung davon zu empfangen schien.
Dem alten Fischer war es noch immer nicht ganz geheuer zu
Muth, obwohl er einzusehen meinte, daß von einer so holden
Erscheinung nichts Uebels zu befahren sei, weshalb er auch

seinen Hut ganz sittig vor dem näher kommenden Herrn abzog, und gelassen bei seinen Netzen verblieb. Da hielt der Ritter stille, und fragte, ob er wohl mit seinem Pferde auf diese Nacht hier Unterkommen und Pflege finden könne?—„Was Euer Pferd betrifft, lieber Herr," entgegnete der Fischer, „so weiß ich ihm keinen besseren Stall anzuweisen, als diese beschattete Wiese, und kein besseres Futter, als das Gras, welches darauf wächst. Euch selbst aber will ich gerne in meinem kleinen Hause mit Abendbrod und Nachtlager bewirthen, so gut es unser Einer hat."—Der Ritter war damit ganz wohl zufrieden, er stieg von seinem Rosse, welches die Beiden gemeinschaftlich losgürteten und loszügelten, und ließ es alsdann auf den blumigen Anger hinlaufen, zu seinem Wirthe sprechend: „Hätt' ich Euch auch minder gastlich und wohlmeinend gefunden, mein lieber alter Fischer, Ihr wäret mich dennoch wohl für heute nicht wieder los geworden, denn, wie ich sehe, liegt vor uns ein breiter See, und mit sinkendem Abend in den wunderlichen Wald zurück zu reiten, davor bewahre mich der liebe Gott."— „Wir wollen nicht allzuviel davon reden," sagte der Fischer, und führte seinen Gast in die Hütte.

Darinnen saß bei dem Heerde, von welchem aus ein spärliches Feuer die dämmernde, reinliche Stube erhellte, auf einem großen Stuhle des Fischers betagte Frau; beim Eintritte des vornehmen Gastes stand sie freundlich grüßend auf, setzte sich aber an ihren Ehrenplatz wieder hin, ohne diesen dem Fremdling anzubieten, wobei der Fischer lächelnd sagte: „Ihr müßt es ihr nicht verübeln, junger Herr, daß sie Euch den bequemsten Stuhl im Hause nicht abtritt; das ist so Sitte bei armen Leuten, daß der den Alten ganz ausschließlich gehört."—„Ei, Mann," sagte die Frau mit ruhigem Lächeln, „wo denkst Du auch hin? Unser Gast wird doch zu den Christenmenschen gehören, und wie könnte es alsdann dem lieben jungen Blut einfallen, alte Leute von ihren Sitzen zu verjagen?"—„Setzt Euch, mein junger Herr," fuhr sie, gegen den Ritter gewandt, fort; „es steht dorten noch ein recht artiges Sesselein, nur müßt Ihr nicht allzu ungestüm damit hin und her rutschen, denn das eine Bein ist nicht allzu fest mehr."—Der Ritter holte den Sessel achtsam herbei, ließ sich freundlich darauf nieder, und es war ihm zu Muthe, als sei er mit diesem kleinen Haushalt verwandt, und eben jetzt aus der Ferne dahin heimgekehrt.

Die drei guten Leute fingen an, höchst freundlich und vertraulich mit einander zu sprechen. Vom Walde, nach welchem sich der Ritter einige Male erkundigte, wollte der alte Mann freilich nicht viel wissen; am wenigsten, meinte er, passe sich das Reden davon jetzt in der einbrechenden Nacht; aber von ihrer Wirthschaft und sonstigem Treiben erzählten die beiden Eheleute desto mehr, und hörten auch gerne zu, als ihnen der Rittersmann von seinen Reisen vorsprach, und daß er eine Burg an den Quellen der Donau habe, und Herr Huldbrand von Ringstetten geheißen sei. Mitten durch das Gespräch hatte der Fremde schon bisweilen ein Plätschern am niedrigen Fensterlein vernommen, als spritze Jemand Wasser dagegen. Der Alte runzelte bei diesem Geräusche jedes Mal unzufrieden die Stirn; als aber endlich ein ganzer Guß gegen die Scheiben flog, und durch den schlecht verwahrten Rahmen in die Stube hinein sprudelte, stand er unwillig auf, und rief drohend nach dem Fenster hin: „Undine! wirst du endlich einmal die Kindereien lassen. Und ist noch obenein heut ein fremder Herr bei uns in der Hütte."—Es war auch draußen stille, nur ein leises Gekicher ließ sich noch vernehmen, und der Fischer sagte, zurück kommend: „Das müßt ihr nun schon zu Gute halten, mein ehrenwerther Gast, und vielleicht noch manche Ungezogenheit mehr, aber sie meint es nicht böse. Es ist nämlich unsere Pflegetochter Undine, die sich das kindische Wesen gar nicht abgewöhnen will, ob sie gleich bereits in ihr achtzehntes Jahr gehen mag. Aber wie gesagt, im Grunde ist sie doch von ganzem Herzen gut."—„Du kannst wohl sprechen!" entgegnete kopfschüttelnd die Alte. „Wenn Du so vom Fischfang heim kommst oder von der Reise, da mag es mit ihren Schäfereien ganz was Artiges sein. Aber sie den ganzen Tag lang auf dem Halse haben, und kein kluges Wort hören, und statt bei wachsendem Alter Hülfe im Haushalt zu finden, immer nur dafür sorgen müssen, daß uns ihre Thorheiten nicht vollends zu Grunde richten,—da ist es gar ein Anderes, und die heilige Geduld selbsten würd' es am Ende satt."—„Nun, nun," lächelte der Hausherr, „Du hast es mit Undinen und ich mit dem See. Reißt mir der doch auch oftmals meine Dämme und Netze durch, aber ich hab' ihn dennoch gern, und Du mit allem Kreuz und Elend das zierliche Kindlein auch. Nicht wahr?"—„Ganz böse kann man ihr eben nicht werden," sagte die Alte, und lächelte beifällig. Da flog die Thür auf, und ein wunder= schönes Blondchen schlüpfte lachend herein, und sagte: „Ihr habt mich nur gefoppt, Vater; wo ist denn nun Euer Gast?"— Selben Augenblicks aber ward sie auch den Ritter gewahr und blieb staunend vor dem schönen Jünglinge stehen. Huldbrand ergötzte sich an der holden Gestalt, und wollte sich die lieblichen Züge recht achtsam einprägen, weil er meinte, nur ihre Ueber= raschung lasse ihm Zeit dazu, und sie werde sich bald nachher in zweifacher Blödigkeit vor seinen Blicken abwenden. Es kam aber ganz anders. Denn als sie ihn nun recht lange ange= sehen hatte, trat sie zutraulich näher, kniete vor ihm nieder, und sagte, mit einem goldenen Schaupfennige, den er an einer rei= chen Kette auf der Brust trug, spielend: „Ei, Du schöner, Du freundlicher Gast, wie bist Du denn endlich in unsere arme Hütte gekommen? Mußtest Du denn Jahre lang in der Welt herum streifen, bevor Du Dich auch einmal zu uns fandest? Kommst Du aus dem wüsten Walde, Du schöner Freund?"— Die scheltende Alte ließ ihm zur Antwort keine Zeit. Sie ermahnte das Mädchen, fein sittig aufzustehen, und sich an ihre Arbeit zu begeben. Undine aber zog, ohne zu antworten, eine kleine Fußbank neben Huldbrand's Stuhl, setzte sich mit ihrem Gewebe darauf nieder, und sagte freundlich: „Hier will ich arbeiten." Der alte Mann that, wie Eltern mit verzoge= nen Kindern zu thun pflegen. Er stellte sich, als merkte er von Undine's Unart nichts, und wollte von etwas Anderem anfangen. Aber das Mädchen ließ ihn nicht dazu. Sie sagte: „Woher unser holder Gast kommt, habe ich ihn gefragt, und er hat mir noch nicht geantwortet."—„Aus dem Walde komme ich, Du schönes Bildchen," entgegnete Huldbrand, und sie sprach weiter: „So mußt Du mir erzählen, wie Du da hinein kamst, denn die Menschen scheuen ihn sonst, und was für wunderliche Abenteuer Du darinnen erlebt hast, weil es doch ohne dergleichen dorten nicht abgehen soll."—Huldbrand empfing einen kleinen Schauer bei dieser Erinnerung, und blickte unwillkürlich nach dem Fenster, weil es ihm zu Muthe war, als müsse eine von den seltsamlichen Gestalten, die ihm im Forste begegnet waren, von dort herein grinsen; er sah nichts, als die tiefe, schwarze Nacht, die nun bereits draußen vor den Scheiben lag. Da nahm er sich zusammen, und wollte eben seine Geschichte anfangen, als ihn der Alte mit den Worten unterbrach: „Nicht also, Herr Ritter; zu dergleichen ist jetzund keine gute Zeit."— Undine aber sprang zornmüthig von ihrem Bänkchen auf, setzte die schönen Arme in die Seiten, und rief, sich dicht vor den Fischer hin stellend: „Er soll nicht erzählen, Vater? er soll nicht? Ich aber will's; er soll! Er soll doch!"—Und damit trat das zierliche Füßchen heftig gegen den Boden, aber das Alles mit solch einem drollig anmuthigen Anstande, daß Huldbrand jetzt in ihrem Zorn fast weniger noch die Augen von ihr wegbringen konnte, als vorher in ihrer Freundlichkeit. Bei dem Alten hingegen brach der zurückgehaltene Unwille in vollen Flammen aus. Er schalt heftig auf Undine's Ungehorsam und unsittiges Betragen gegen den Fremden, und die gute alte Frau stimmte mit ein. Da sagte Undine: „Wenn Ihr zanken wollt, und nicht thun, was ich haben will, so schlaft allein in Eurer alten, räucherigen Hütte!"—Und wie ein Pfeil war sie aus der Thür, und flüchtigen Laufes in die finstere Nacht hinaus.

Zweites Kapitel.
Auf welche Weise Undine zu dem Fischer gekommen war.

Huldbrand und der Fischer sprangen von ihren Sitzen, und wollten dem zürnenden Mädchen nach. Ehe sie aber in die

Hüttenthür gelangten, war Undine schon lange in dem wolkigen Dunkel draußen verschwunden, und auch kein Geräusch ihrer leichten Füße verrieth, wohin sie ihren Lauf wohl gerichtet haben könne. Huldbrand sah fragend nach seinem Wirthe; fast kam es ihm vor, als sei die ganze liebliche Erscheinung, die so schnell in die Nacht wieder untergetaucht war, nichts Anderes gewesen, als eine Fortsetzung der wunderlichen Gebilde, die früher im Forste ihr loses Spiel mit ihm getrieben hatten, aber der alte Mann murmelte in seinen Bart: „Es ist nicht das erste Mal, daß sie es uns also macht. Nun hat man die Angst auf dem Herzen, und den Schlaf aus den Augen für die ganze Nacht; denn wer weiß, ob sie nicht dennoch einmal Schaden nimmt, wenn sie so draußen im Dunkeln allein ist bis an das Morgenroth."—„So laßt uns ihr doch nach, Vater, um Gott!" rief Huldbrand ängstlich aus. Der Alte erwiederte: „Wozu das? Es wär' ein sündlich Werk, ließ' ich Euch in Nacht und Einsamkeit dem thörichten Mädchen so ganz alleine folgen, und meine alten Beine holen den Springinsfeld nicht ein, wenn man auch wüßte, wohin sie gerannt ist."—„Nun müssen wir ihr doch nachrufen mindestens, und sie bitten, daß sie wiederkehrt," sagte Huldbrand, und begann auf das Beweglichste zu rufen: „Undine! Ach Undine! Komm doch zurück!"—Der Alte wiegte sein Haupt hin und her, sprechend, all' das Geschrei helfe am Ende zu nichts; der Ritter wisse noch nicht, wie trotzig die Kleine sei. Dabei aber konnte er es doch nicht unterlassen, öfters mit in die finstere Nacht hinaus zu rufen: „Undine! Ach liebe Undine! Ich bitte Dich, komm doch nur dies Eine Mal zurück."

Es ging indessen, wie es der Fischer gesagt hatte. Keine Undine ließ sich hören oder sehen, und weil der Alte durchaus nicht zugeben wollte, daß Huldbrand der Entflohenen nachspürte, mußten sie endlich Beide wieder in die Hütte gehen. Hier fanden sie das Feuer des Herdes beinahe erloschen, und die Hausfrau, die sich Undine's Flucht und Gefahr bei weitem nicht so zu Herzen nahm, als ihr Mann, war bereits zur Ruhe gegangen. Der Alte hauchte die Kohlen wieder an, legte trocknes Holz darauf, und suchte bei der wieder auflodernden Flamme einen Krug mit Wein hervor, den er zwischen sich und seinen Gast stellte. „Euch ist auch Angst wegen des dummen Mädchens, Herr Ritter," sagte er, „und wir wollen lieber einen Theil der Nacht verplaudern und vertrinken, als uns auf den Schilfmatten vergebens nach dem Schlafe herumwälzen. Nicht wahr?" Huldbrand war gerne damit zufrieden, der Fischer nöthigte ihn auf den ledigen Ehrenplatz der schlafen ge= gangenen Hausfrau, und Beide tranken und sprachen mit ein= ander, wie es zwei wackern und zutraulichen Männern geziemt. Freilich, so oft sich vor den Fenstern das Geringste regte, oder auch bisweilen, wenn sich gar nichts regte, sah einer von Beiden in die Höhe, sprechend: „Sie kommt." Dann wurden sie ein paar Augenblicke stille, und fuhren nachher, da nichts erschien, kopfschüttelnd und seufzend in ihren Reden fort.

Weil aber nun Beide an fast gar nichts Anders zu denken vermochten, als an Undinen, so wußten sie auch nichts Besseres, als, der Ritter, zu hören, welchergestalt Undine zu dem alten Fischer gekommen sei, der alte Fischer, eben diese Geschichte zu erzählen. Deshalben hub er folgendermaßen an:

„Es sind nun wohl fünfzehn Jahre vergangen, da zog ich einmal durch den wüsten Wald mit meiner Waare nach der Stadt. Meine Frau war daheim geblieben, wie gewöhnlich; und solches zu der Zeit auch noch um einer gar hübschen Ur= sache willen, denn Gott hatte uns in unserm damals schon ziemlich hohen Alter ein wunderschönes Kindlein bescheert. Es war ein Mägdlein, und die Rede ging bereits unter uns, ob wir nicht, dem neuen Ankömmling zu Frommen, unsre schöne Landzunge verlassen wollten, um die liebe Himmelsgabe künftig an bewohnbaren Orten besser aufzuziehen. Es ist freilich bei armen Leuten nicht so damit, wie Ihr es meinen mögt, Herr Ritter; aber, lieber Gott! Jedermann muß doch einmal thun, was er vermag.—Nun, mir ging unterwegs die Geschichte ziemlich im Kopfe herum. Diese Landzunge war mir so im Herzen lieb, und ich fuhr ordentlich zusammen, wenn ich unter dem Lärm und Gezänke in der Stadt bei mir selbsten denken mußte: "in solcher Wirthschaft nimmst auch du nun mit nächstem deinen Wohnsitz, oder doch in einer nicht viel stillern!— Dabei aber hab' ich nicht gegen unsern lieben Herrgott gemurret, vielmehr ihm im Stillen für das Neugeborne gedankt; ich müßte auch lügen, wenn ich sagen wollte, mir wäre auf dem Hin- oder Rückwege durch den Wald irgend etwas Bedenklicheres aufgestoßen, als sonst, wie ich denn nie etwas Unheimliches dort gesehen habe. Der Herr war immer mit mir in den verwunderlichen Schatten."

Da zog er sein Mützchen von dem kahlen Schädel, und blieb eine Zeit lang in betenden Gedanken sitzen. Dann bedeckte er sich wieder, und sprach fort:

„Diesseit des Waldes, ach diesseits, da zog mir das Elend entgegen. Meine Frau kam gegangen mit strömenden Augen wie zwei Bäche; sie hatte Trauerkleider angelegt."—„O lieber Gott," ächzte ich, „wo ist unser liebes Kind? Sag' an."—

„Bei dem, den Du rufest, lieber Mann," entgegnete sie, und wir gingen nun stillweinend mit einander in die Hütte.—Ich suchte nach der kleinen Leiche; da erfuhr ich erst, wie Alles gekommen war. Am Seeufer hatte meine Frau mit dem Kinde gesessen, und wie sie so recht sorglos und selig mit ihm spielt, bückt sich die Kleine auf einmal vor, als sähe sie etwas ganz Wunderschönes im Wasser; meine Frau sieht sie noch lachen, den lieben Engel, und mit den Händchen greifen; aber im Augenblick schießt sie ihr durch die rasche Bewegung aus den Armen, und in den feuchten Spiegel hinunter. Ich habe viel gesucht nach der kleinen Todten; es war zu nichts; auch keine Spur von ihr war zu finden.

„Nun wir verwaisten Eltern saßen denn noch selbigen Abend still beisammen in der Hütte; zu reden hatte keiner Lust von uns, wenn man es auch gekonnt hätte vor Thränen. Wir sahen so in das Feuer des Herdes hinein. Da raschelt was draußen an der Thür; sie springt auf, und ein wunderschönes Mägdlein von etwa drei, vier Jahren steht reich geputzt auf der Schwelle, und lächelt uns an. Wir blieben ganz stumm vor Erstaunen, und ich wußte erst nicht, war es ein ordentlicher kleiner Mensch, war es blos ein gaukelhaftes Bildniß. Da sah ich aber das Wasser von den gold'nen Haaren und den reichen Kleidern herab tröpfeln, und merkte nun wohl, das schöne Kindlein habe im Wasser gelegen, und Hülfe thue ihm Noth."—„Frau," sagte ich, „uns hat Niemand unser liebes Kind erretten können; wir wollen doch wenigstens an andern Leuten thun, was uns selig auf Erden machen würde, vermöchte es Jemand an uns zu thun."—Wir zogen die Kleine aus, brachten sie zu Bett, und reichten ihr wärmende Getränke, wobei sie kein Wort sprach, und uns blos aus den beiden seeblauen Augenhimmeln immerfort lächelnd anstarrte.

„Des andern Morgens ließ sich wohl abnehmen, daß sie keinen weitern Schaden genommen hatte, und ich fragte nun nach ihren Eltern, und wie sie hierher gekommen sei. Das aber gab eine verworrne, wundersame Geschichte. Von weit her muß sie wohl gebürtig sein, denn nicht nur, daß ich diese fünfzehn Jahre her nichts von ihrer Herkunft erforschen konnte, so sprach und spricht sie auch bisweilen so absonderliche Dinge, daß unser Eins nicht weiß, ob sie am Ende nicht gar vom Monde herunter gekommen sein könne. Da ist die Rede von goldnen Schlössern, von krystallnen Dächern, und Gott weiß, wovon noch mehr. Was sie am deutlichsten erzählte, war, sie sei mit ihrer Mutter auf dem großen See spazieren gefahren, aus der Barke in's Wasser gefallen, und habe ihre Sinne erst hier unter den Bäumen wieder gefunden, wo ihr an dem lustigen Ufer recht behaglich zu Muthe geworden sei.

„Nun hatten wir noch eine große Bedenklichkeit und Sorge auf dem Herzen. Daß wir an der lieben Ertrunkenen Stelle die Gefundene behalten und auferziehen wollten, war freilich sehr bald ausgemacht; aber wer konnte nun wissen, ob das Kind getauft sei oder nicht? Sie selber wußte darüber keine Auskunft zu geben. Daß sie eine Kreatur sei, zu Gottes Preis und Freude geschaffen, wisse sie wohl, antwortete sie uns mehrentheils, und was zu Gottes Preis und Freude gereiche, sei sie auch bereit, mit sich vornehmen zu lassen.—Meine Frau und ich dachten so: ist sie nicht getauft, so giebt's da nichts zu zögern; ist sie es aber doch, so kann bei guten Dingen zu wenig eher schaden, als zu viel. Und dem zu Folge sannen wir auf einen guten Namen für das Kind, das wir ohnehin noch nicht ordentlich zu rufen wußten. Wir meinten endlich, Dorothea werde sich am besten für sie schicken, weil ich einmal gehört hatte, das heiße Gottesgabe, und sie uns doch von Gott als eine Gabe zugesandt war, als ein Trost in unserem Elend. Sie hingegen wollte nichts davon hören und meinte, Undine sei sie von ihren Eltern genannt worden, Undine wolle sie auch ferner heißen. Nun kam mir das wie ein heidnischer Name vor, der in keinem Kalender stehe und ich holte mir deshalb Rath bei einem Priester in der Stadt. Der wollte auch nichts von dem Undinen-Namen hören und kam auf mein vieles Bitten mit mir durch den verwunderlichen Wald, zur Vollziehung der Taufhandlung, hier herein in meine Hütte. Die Kleine stand so hübsch geschmückt und holdselig vor uns, daß dem Priester alsbald sein ganzes Herz vor ihr aufging, und sie wußte ihm so artig zu schmeicheln und mitunter so drollig zu trotzen, daß er sich endlich auf keinen der Gründe, die er gegen den Namen Undine vorräthig gehabt hatte, mehr besinnen konnte. Sie ward denn also Undine getauft, und betrug sich während der heiligen Handlung außerordentlich sittig und anmuthig, so wild und unstät sie auch übrigens immer war. Denn darin hat meine Frau ganz recht: was Tüchtiges haben wir mit ihr auszustehen gehabt. Wenn ich Euch erzählen sollte" —

Der Ritter unterbrach den Fischer, um ihn auf ein Geräusch, wie von gewaltig rauschenden Wasserfluthen, aufmerksam zu machen, das er schon früher zwischen den Reden des Alten vernommen hatte und das nun mit wachsendem Ungestüm vor den Hüttenfenstern dahinströmte. Beide sprangen nach der Thür. Da sahen sie draußen im jetzt aufgegangenen Mondenlicht den Bach, der aus dem Walde hervor rann, wild über seine Ufer hinaus gerissen, und Steine und Holzstämme in reißenden Wirbeln mit sich fortschleudern. Der Sturm brach, wie von dem Getöse erweckt, aus den mächtigen Gewölken, diese pfeilschnell über den Mond hinjagend, hervor, der See heulte unter des Windes schlagenden Fittigen, die Bäume der Landzunge ächzten von Wurzel zu Wipfel hinauf und beugten sich wie schwindelnd über die reißenden Gewässer. „Undine! Um Gotteswillen, Undine!" riefen die zwei beängstigten Männer. Keine Antwort kam ihnen zurück und achtlos nun jeglicher anderen Erwägung, rannten sie, suchend und rufend, Einer hier, der Andere dort hin, aus der Hütte fort.

Drittes Kapitel.
Wie sie Undinen wieder fanden.

Dem Huldbrand ward es immer ängstlicher und verworrener zu Sinn, je länger er unter den nächtlichen Schatten suchte, ohne zu finden. Der Gedanke, Undine sei nur eine bloße Walderscheinung gewesen, bekam auf's Neue Macht über ihn, ja er hätte unter dem Geheul der Wellen und Stürme, dem Krachen der Bäume, der gänzlichen Umgestaltung der kaum noch so still anmuthigen Gegend, die ganze Landzunge sammt der Hütte und ihren Bewohnern fast für eine trügerisch neckende Bildung gehalten; aber von fern hörte er doch immer noch des Fischers ängstliches Rufen nach Undinen, der alten Hausfrau lautes Beten und Singen durch das Gebraus. Da kam er endlich dicht an des übergetretenen Baches Rand und sah im Mondenlicht, wie dieser seinen ungezähmten Lauf, gerade vor den unheimlichen Wald hin, genommen hatte, so daß er nun die Erdspitze zur Insel machte.—O lieber Gott, dachte er bei sich selbst, wenn es Undine gewagt hätte, ein paar Schritte in den fürchterlichen Forst hinein zu thun; vielleicht eben in ihrem anmuthigen Eigensinn, weil ich ihr nichts davon erzählen sollte, —und nun wäre der Strom dazwischen gerollt und sie weinte nun einsam drüben bei den Gespenstern!—Ein Schrei des Entsetzens entfuhr ihm, und er klomm einige Steine und umgestürzte Fichtenstämme hinab, um in den reißenden Strom zu treten und, watend oder schwimmend, die Verirrte drüben zu suchen. Es fiel ihm zwar alles Grausenvolle und Wunderliche ein, was ihm schon bei Tage unter den jetzt rauschenden und heulenden Zweigen begegnet war. Vorzüglich kam es ihm vor, als stehe ein langer weißer Mann, den er nur allzu gut kannte, grinsend und nickend am jenseitigen Ufer; aber eben diese ungeheuern Bilder rissen ihn gewaltig nach sich hin, weil er bedachte, daß Undine in Todesängsten unter ihnen sei und allein.

Schon hatte er einen starken Fichtenast ergriffen und stand, auf diesen gestützt, in den wirbelnden Fluthen, gegen die er sich kaum aufrecht zu erhalten vermochte; aber er schritt getrosten Muthes tiefer hinein. Da rief es neben ihm mit anmuthiger Stimme: „Trau nicht, trau nicht! Er ist tückisch, der Alte, der Strom!" Er kannte diese lieblichen Laute, er stand wie bethört unter den Schatten, die sich eben dunkel über den Mond gelegt hatten und ihn schwindelte vor dem Gerolle der Wogen, die er pfeilschnell an seinen Schenkeln hinschießen sah. Dennoch wollte er nicht ablassen. „Bist Du nicht wirklich da, gaukelst Du nur neblicht um mich her, so mag auch ich nicht leben und will ein Schatten werden wie Du, Du liebe, liebe Undine!" Dies rief er laut und schritt wieder tiefer in den Strom. „Sieh Dich doch um, ei sieh Dich doch um, Du schöner, bethörter Jüngling!" so rief es abermal dicht bei ihm und seitwärts blickend, sah er im eben sich wieder enthüllenden Mondlicht, unter den Zweigen hoch verschlungener Bäume, auf einer durch die Ueberschwemmung gebildeten kleinen Insel, Undinen lächelnd und lieblich in die blühenden Gräser hingeschmiegt.

O wie viel freudiger brauchte nun der junge Mann seinen Fichtenast zum Stabe, als vorhin! Mit wenigen Schritten war er durch die Fluth, die zwischen ihm und dem Mägdlein hinstürmte und neben ihr stand er auf der kleinen Rasenstelle, heimlich und sicher von den uralten Bäumen überrauscht und beschirmt. Undine hatte sich etwas empor gerichtet und schlang nun in dem grünen Laubgezelte ihre Arme um seinen Nacken, so daß sie ihn auf ihren weichen Sitz neben sich niederzog. „Hier sollst Du mir erzählen, hübscher Freund," sagte sie leise flüsternd; „hier hören uns die grämlichen Alten nicht. Und so viel als ihre ärmliche Hütte, ist doch hier unser Blätterdach wohl noch immer werth."—„Es ist der Himmel!" sagte Huldbrand und umschlang inbrünstig küssend die schmeichelnde Schöne.

Da war unterdessen der alte Fischer an das Ufer des Stromes gekommen und rief zu den beiden jungen Leuten herüber: „Ei, Herr Ritter, ich habe Euch aufgenommen, wie es ein biederherziger Mann dem andern zu thun pflegt und nun kos't Ihr mit meinem Pflegekinde so heimlich, und laßt mich noch obendrein in der Angst nach ihr durch die Nacht umher laufen." —„Ich habe sie selbst erst eben jetzt gefunden, alter Vater," rief ihm der Ritter zurück. „Desto besser," sagte der Fischer; „aber nun bringt sie mir auch ohne Verzögern an das feste Land herüber." Davon aber wollte Undine wieder gar nichts hören. Sie meinte, eher wolle sie mit dem schönen Fremden in den wilden Forst vollends hinein, als wieder in die Hütte zurück, wo man ihr nicht ihren Willen thue, und aus welcher der hübsche Ritter doch über kurz oder lang scheiden werde. Mit unsäglicher Anmuth sang sie, Huldbranden umschlingend:

„Aus dunst'gem Thal die Welle,
Sie rann und sucht' ihr Glück!
Sie kam in's Meer zur Stelle
Und rinnt nicht mehr zurück."

Der alte Fischer weinte bitterlich in ihr Lied, aber es schien sie nicht sonderlich zu rühren. Sie küßte und streichelte ihren Liebling, der endlich zu ihr sagte: „Undine, wenn Dir des alten Mannes Jammer das Herz nicht trifft, so trifft er's mir. Wir wollen zurück zu ihm."—Verwundert schlug sie die großen blauen Augen gegen ihn auf, und sprach endlich langsam und zögernd: „Wenn Du es so meinst,—gut; mir ist Alles recht, was Du meinst. Aber versprechen muß mir erst der alte Mann da drüben, daß er Dich ohne Widerrede will erzählen lassen, was Du im Walde gesehen hast, und—nun das Andere findet sich wohl."—„Komm nur, komm!" rief der Fischer ihr zu, ohne mehr Worte heraus bringen zu können. Zugleich streckte

er seine Arme weit über die Fluth ihr entgegen, und nickte mit
dem Kopfe, um ihr die Erfüllung ihrer Forderung zuzusagen,
wobei ihm die weißen Haare seltsam über das Gesicht herüber
fielen, und Huldbrand an den nickenden weißen Mann im Forste
denken mußte. Ohne sich aber durch irgend etwas irre machen
zu lassen, faßte der junge Rittersmann das schöne Mädchen in
seine Arme, und trug sie über den kleinen Raum, welchen der
Strom zwischen ihrem Inselchen und dem festen Ufer durchbrauste. Der Alte fiel um Undine's Hals, und konnte sich gar
nicht satt freuen und küssen; auch die alte Frau kam herbei,
und schmeichelte der Wiedergefundenen auf das Herzlichste.
Von Vorwürfen war gar nicht die Rede mehr, um so minder,
da auch Undine, ihres Trotzes vergessend, die beiden Pflegeeltern mit anmuthigen Worten und Liebkosungen fast über-
schüttete.

Als man endlich nach der Freude des Wiedersehens sich
recht besann, blickte schon das Morgenroth leuchtend über den
Landsee herein, der Sturm war stille geworden, die Vöglein
sangen lustig auf den genäßten Zweigen. Weil nun Undine
auf die Erzählung der verheißenen Geschichte des Ritters bestand, fügten sich die beiden Alten lächelnd und willig in ihr
Begehr. Man brachte ein Frühstück unter die Bäume, welche
hinter der Hütte gegen den See zu standen, und setzte sich, von
Herzen vergnügt, dabei nieder, Undine, weil sie es durchaus
nicht anders haben wollte, zu den Füßen des Ritters in's Gras.
Hierauf begann Huldbrand folgendermaßen zu sprechen.

Viertes Kapitel.
Von dem, was dem Ritter im Walde begegnet war.

„Es mögen nun etwa acht Tage her sein, da ritt ich in die
freie Reichsstadt ein, welche dort jenseit des Forstes gelegen ist.
Bald darauf gab es darin ein schönes Turnieren und Ringel-
rennen, und ich schonte meinen Gaul und meine Lanze nicht.
Als ich nun einmal an den Schranken still halte, um von der
lustigen Arbeit zu rasten, und den Helm an einen meiner

Knappen zurück reiche, fällt mir ein wunderschönes Frauenbild in die Augen, das im allerherrlichsten Schmuck auf einem der Altane stand und zusah. Ich fragte meinen Nachbar, und erfuhr, die reizende Jungfrau sei Bertalda, und sei die Pflege=tochter eines der mächtigen Herzöge, die in dieser Gegend wohnen. Ich merkte, daß sie auch mich ansah, und wie es nun bei uns jungen Rittern zu kommen pflegt: hatte ich erst brav geritten, so ging es nun noch ganz anders los. Den Abend beim Tanze war ich Bertalda's Gefährte, und das blieb so alle die Tage des Festes hindurch."

Ein empfindlicher Schmerz an seiner linken herunterhän=genden Hand unterbrach hier Huldbrand's Rede, und zog seine Blicke nach der schmerzlichen Stelle. Undine hatte ihre Per=lenzähne scharf in seine Finger gesetzt, und sah dabei recht finster und unwillig aus. Plötzlich aber schaute sie ihm freund=lich wehmüthig in die Augen, und flüsterte ganz leise: „Ihr macht es auch darnach." Dann verhüllte sie ihr Gesicht, und der Ritter fuhr seltsam verwirrt und nachdenklich in seiner Geschichte fort:

„Es ist eine hochmüthige, wunderliche Maid, diese Bertalda. Sie gefiel mir auch am zweiten Tage schon lange nicht mehr, wie am ersten, und am dritten noch minder. Aber ich blieb um sie, weil sie freundlicher gegen mich war, als gegen andere Ritter, und so kam es auch, daß ich sie im Scherz um einen ihrer Handschuhe bat."—„Wenn Ihr mir Nachricht bringt und Ihr ganz allein," sagte sie, „wie es im berüchtigten Forste aussieht."—„Mir lag eben nicht so viel an ihrem Handschuhe, aber gesprochen war gesprochen, und ein ehrliebender Ritters=mann läßt sich zu solchem Probestücke nicht zwei Mal mahnen."

„Ich denke, sie hatte Euch lieb," unterbrach ihn Undine.

„Es sah so aus," entgegnete Huldbrand.

„Nun," rief das Mädchen lachend, „die muß recht dumm sein. Von sich zu jagen, was Einem lieb ist! Und vollends in einen verrufenen Wald hinein. Da hätte der Wald und sein Geheimniß lange für mich warten können."

„Ich machte mich denn gestern Morgen auf den Weg," fuhr

der Ritter, Undinen freundlich anlächelnd, fort. „Die Baum=
stämme blitzten so roth und schlank im Morgenlichte, das sich
hell auf dem grünen Rasen hinstreckte, die Blätter flüsterten so
lustig mit einander, daß ich in meinem Herzen über die Leute
lachen mußte, die an diesem vergnüglichen Orte irgend etwas
Unheimliches erwarten konnten."—„Der Wald soll bald durch=
trabt sein, hin und zurück," sagte ich in behaglicher Fröhlichkeit
zu mir selbst, und eh' ich noch daran dachte, war ich tief in die
grünenden Schatten hinein, und nahm nichts mehr von der
hinter mir liegenden Ebene wahr. Da fiel es mir erst auf's
Herz, daß ich mich auch in dem gewaltigen Forste gar leichtlich
verirren könne, und daß dieses vielleicht die einzige Gefahr sei,
welche den Wandersmann allhier bedrohe. Ich hielt daher
stille, und sah mich nach dem Stande der Sonne um, die un=
terdessen etwas höher gerückt war. Indem ich nun so empor
blicke, sehe ich ein schwarzes Ding in den Zweigen einer hohen
Eiche. Ich denke schon, es ist ein Bär, und fasse nach meiner
Klinge; da sagt es mit einer Menschenstimme, aber recht rauh
und häßlich, herunter: „Wenn ich hier oben nicht die Zweige
abknusperte, woran solltest Du denn heut' um Mitternacht
gebraten werden, Herr Naseweis?"—„Und dabei grinset es,
und raschelt mit den Aesten, daß mein Gaul toll wird, und mit
mir durchgeht, eh' ich noch Zeit gewinnen konnte, zu sehen, was
es denn eigentlich für eine Teufelsbestie war."

„Den müßt Ihr nicht nennen," sagte der alte Fischer, und
kreuzte sich; die Hausfrau that schweigend desgleichen; Undine
sah ihren Liebling mit hellen Augen an, sprechend: „Das Beste
bei der Geschichte ist, daß sie ihn doch nicht wirklich gebraten
haben. Weiter, Du hübscher Jüngling."

Der Ritter fuhr in seiner Erzählung fort: „Ich wäre mit
meinem scheuen Pferde fast gegen Baumstämme und Aeste an=
gerannt; es triefte vor Angst und Erhitzung, und wollte sich
doch noch immer nicht halten lassen. Zuletzt ging es gerade
auf einen steinigen Abgrund los; da kam mir's plötzlich vor,
als werfe sich ein langer, weißer Mann dem tollen Hengste
quer vor in seinen Weg; der entsetzte sich davor, und stand; ich

kriegte ihn wieder in meine Gewalt, und sah nun erst, daß
mein Retter kein weißer Mann war, sondern ein silberheller
Bach, der sich neben mir von einem Hügel herunter stürzte,
meines Rosses Lauf ungestüm kreuzend und hemmend."

„Danke, lieber Bach!" rief Undine, in die Händchen klop=
fend. Der alte Mann aber sah kopfschüttelnd in tiefem Sin=
nen vor sich nieder.

„Ich hatte mich noch kaum im Sattel wieder zurecht gesetzt,
und die Zügel wieder ordentlich recht gefaßt," fuhr Huldbrand
fort, „so stand auch schon ein wunderliches Männlein zu meiner
Seite, winzig und häßlich über alle Maßen, ganz braungelb,
und mit einer Nase, die nicht viel kleiner war, als der ganze
übrige Bursche selbst. Dabei grinste er mit einer recht dummen
Höflichkeit aus dem breit geschlitzten Maule hervor, und machte
viele tausend Scharrfüße und Bücklinge gegen mich. Weil
mir nun das Possenspiel sehr mißbehagte, dankte ich ihm ganz
kurz, warf meinen noch immer zitternden Gaul herum, und
gedachte, mir ein anderes Abenteuer, oder, dafern ich keines
fände, den Heimweg zu suchen, denn die Sonne war während
meiner tollen Jagd schon über die Mittagshöhe gen Westen
gegangen. Da sprang aber der kleine Kerl mit einer blitz=
schnellen Wendung herum, und stand abermals vor meinem
Hengste.—„Platz da!" sagt' ich verdrießlich; „das Thier ist
wild und rennet Dich leichtlich um."—„Ei," schnarrte das
Kerlchen, und lachte noch entsetzlich viel dummer; „schenket mir
doch erst ein Trinkgeld, denn ich hab' ja Euer Rößelein aufge=
fangen; lägt Ihr doch ohne mich sammt Eurem Rößelein in
der Steinkluft da unten; hu!"—„Schneide nur keine Gesichter
weiter," sagte ich, „und nimm Dein Geld hin, wenn Du auch
lügst, denn siehe, der gute Bach dorten hat mich gerettet, nicht
aber Du, höchst ärmlicher Wicht." Und zugleich ließ ich ein
Goldstück in seine wunderliche Mütze fallen, die er bettelnd vor
mir abgezogen hatte. Dann trabte ich weiter; er aber schrie
hinter mir drein, und war plötzlich mit unbegreiflicher Schnel=
ligkeit neben mir. Ich sprengte mein Roß im Galopp an; er
galoppirte mit, so sauer es ihm zu werden schien, und so wun=

derliche, halb lächerliche, halb gräßliche Verrenkungen er dabei
mit seinem Leibe vornahm, wobei er immerfort das Goldstück
in die Höhe hielt, und bei jedem Galoppsprunge schrie: „Falsch
Geld! falsche Münze! Falsche Münze! falsch Geld!" Und
das krächzte er aus so hohler Brust heraus, daß man meinte,
er müsse nach jeglichem Schrei todt zu Boden stürzen. Auch
hing ihm die häßlich rothe Zunge weit aus dem Schlunde.
Ich hielt verstört; ich fragte: „Was willst Du mit Deinem
Geschrei? Nimm noch ein Goldstück, nimm noch zwei, aber
dann laß ab von mir."—Da fing er wieder mit seinem häßlich
höflichen Grüßen an, und schnarrte: „Gold eben nicht, Gold
soll es eben nicht sein, mein Jungherrlein; des Spaßes hab'
ich selbsten allzu viel; will's Euch 'mal zeigen."

„Da ward es mir auf einmal, als könn' ich durch den grü=
nen festen Boden durchsehen, als sei er grünes Glas und die
ebene Erde kugelrund, und drinnen hielten eine Menge Kobolde
ihr Spiel mit Silber und Gold. Kopfauf, kopfunten, kugel=
ten sie sich herum, schmissen einander zum Spaß mit den edlen
Metallen und pusteten sich den Goldstaub neckend in's Gesicht.
Mein häßlicher Gefährte stand halb drinnen, halb draußen;
er ließ sich sehr, sehr viel Gold von den Andern herauf reichen
und zeigte es mir lachend, und schmiß es dann immer wieder
klingend in die unermeßlichen Klüfte hinab. Dann zeigte er
wieder mein Goldstück, was ich ihm geschenkt hatte, den Ko=
bolden drunten, und die wollten sich darüber halb todt lachen
und zischten mich aus. Endlich reckten sie alle die spitzigen,
metallschmutzigen Finger gegen mich aus, und wilder und wil=
der, und dichter und dichter, und toller und toller klomm das
Gewimmel gegen mich herauf. Da erfaßte mich ein Entsetzen,
wie vorhin meinen Gaul; ich gab ihm beide Sporen und weiß
nicht, wie weit ich zum zweiten Male toll in den Wald hinein
gejagt bin.

„Als ich nun endlich wieder still hielt, war es Abendkühle
um mich her. Durch die Zweige sah ich einen weißen Fuß=
pfad leuchten, von dem ich meinte, er müsse aus dem Forste
nach der Stadt zurückführen. Ich wollte mich dahin durch=

arbeiten; aber ein ganz weißes, undeutliches Antlitz, mit immer wechselnden Zügen, sah mir zwischen den Blättern entgegen; ich wollte ihm ausweichen, aber wo ich hinkam, war es auch. Ergrimmt gedacht' ich endlich mein Roß darauf los zu treiben, da sprudelte es mir und dem Pferde weißen Schaum entgegen, daß wir Beide geblendet umwenden mußten. So trieb es uns von Schritt zu Schritt, immer von dem Fußsteige abwärts und ließ uns überhaupt nur nach einer einzigen Richtung hin den Weg noch frei; zogen wir aber auf dieser fort, so war es wohl dicht hinter uns, that uns jedoch nicht das Geringste zu Leide. Wenn ich mich dann bisweilen nach ihm umsah, merkte ich wohl, daß das weiße, sprudelnde Antlitz auf einem eben so weißen, höchst riesenmäßigen Körper saß. Manchmal dacht' ich auch, als sei es ein wandelnder Springbrunnen, aber ich konnte niemals recht darüber zur Gewißheit kommen. Ermüdet gaben Roß und Reiter dem treibenden, weißen Manne nach, der uns immer mit dem Kopfe zunickte, als wolle er sagen: „Schon recht! schon recht!" Und so sind wir endlich an das Ende des Waldes hier heraus gekommen, wo ich Rasen und Seefluth und Eure kleine Hütte sah, und wo der lange weiße Mann verschwand."

„Gut, daß er fort ist," sagte der alte Fischer und nun begann er davon zu sprechen, wie sein Gast auf die beste Weise wieder zu seinen Leuten nach der Stadt zurück gelangen könne. Darüber fing Undine an, ganz leise in sich selbst hinein zu kichern. Huldbrand merkte es und sagte: „Ich dachte, Du sähest mich gern hier; was freust Du Dich denn nun, da von meiner Abreise die Rede ist?"

„Weil Du nicht fort kannst," entgegnete Undine. „Prob' es doch mal, durch den übergetretenen Waldstrom zu setzen, mit Kahn, mit Roß oder allein, wie Du Lust hast. Oder prob' es lieber nicht, denn du würdest zerschellt werden von den blitzschnell getriebenen Stämmen und Steinen. Und was den See angeht, da weiß ich wohl, der Vater darf mit seinem Kahne nicht weit genug darauf hinaus."

Huldbrand erhob sich lächelnd, um zu sehen, ob es so sei,

wie ihm Undine gesagt hatte ; der Alte begleitete ihn und das Mädchen gaukelte scherzend neben den Männern her. Sie fanden es in der That, wie Undine gesagt hatte, und der Ritter mußte sich darein ergeben, auf der zur Insel gewordenen Landspitze zu bleiben, bis die Fluthen sich verliefen. Als die Drei nach ihrer Wanderung wieder der Hütte zu gingen, sagte der Ritter der Kleinen in's Ohr : „Nun, wie ist es, Undinchen, bist Du böse, daß ich bleibe?"—„Ach," entgegnete sie mürrisch, „laßt nur. Wenn ich Euch nicht gebissen hätte, wer weiß, was noch Alles von der Bertalda in Eurer Geschichte vorgekommen wäre!"

Fünftes Kapitel.
Wie der Ritter auf der Seespitze lebte.

Du bist vielleicht, mein lieber Leser, schon irgendwo, nach mannigfachem Auf= und Abtreiben in der Welt, an einen Ort gekommen, wo Dir es wohl war ; die Jedwedem eingeborene Liebe zu eigenem Heerd und stillem Frieden ging wieder auf in Dir; Du meintest, die Heimath blühe mit allen Blumen der Kindheit und der allerreinsten, innigsten Liebe wieder aus theuren Grabstätten hervor, und hier müsse gut wohnen und Hüttenbauen sein. Ob Du Dich darin geirrt und den Irrthum nachher schmerzlich abgebüßt hast, das soll hier nichts zur Sache thun und Du wirst Dich auch selbst wohl mit dem herben Nachschmack nicht freiwillig betrüben wollen. Aber rufe jene unaussprechliche süße Ahnung, jenen englischen Gruß des Friedens wieder in Dir herauf und Du wirst ungefähr wissen können, wie dem Ritter Huldbrand während seines Lebens auf der Seespitze zu Sinne war.

Er sah oftmals mit innigem Wohlbehagen, wie der Waldstrom mit jedem Tage wilder einherrollte, wie er sich sein Bette breiter und breiter riß, und die Abgeschiedenheit auf der Insel so für immer längere Zeit ausdehnte. Einen Theil des Tages über strich er mit einer alten Armbrust, die er in einem Winkel der Hütte gefunden und sich ausgebessert hatte, umher, nach den vorüber fliegenden Vögeln lauernd und was er von ihnen treffen konnte, als guten Braten in die Küche liefernd. Brachte er nun seine Beute zurück, so unterließ Undine fast niemals, ihn auszuschelten, daß er den lieben, lustigen Thierchen oben im blauen Luftmeer so feindlich ihr fröhliches Leben stehle; ja, sie weinte oftmals bitterlich bei dem Anblick des todten Geflügels. Kam er aber dann ein andermal wieder heim und hatte nichts geschossen, so schalt sie ihn nicht minder ernstlich darüber aus, daß man nun um seines Ungeschicks und seiner Nachlässigkeit willen mit Fischen und Krebsen vorlieb nehmen müsse. Er freute sich allemal herzinniglich auf ihr anmuthiges Zürnen, um so mehr, da sie gewöhnlich nachher ihre üble Laune durch die holdesten Liebkosungen wieder gut zu machen suchte. Die Alten hatten sich in die Vertraulichkeit der beiden jungen Leute gefunden; sie kamen ihnen vor, wie Verlobte, oder gar wie ein Ehepaar, das ihnen zum Beistand im Alter mit auf der abgerissenen Insel wohne. Eben diese Abgeschiedenheit brachte auch den jungen Huldbrand ganz fest auf den Gedanken, er sei bereits Undine's Bräutigam. Ihm war zu Muthe, als gäbe es keine Welt mehr jenseit dieser umgebenden Fluthen, oder als könne man doch nie wieder da hinüber zur Vereinigung mit andern Menschen gelangen; und wenn ihn auch bisweilen sein weidendes Roß anwieherte, wie nach Ritterthaten fragend und mahnend, oder sein Wappenschild ihm von der Stickerei des Sattels und der Pferdedecke ernst entgegen leuchtete, oder sein schönes Schwerdt unversehens vom Nagel, an welchem es in der Hütte hing, herab fiel, im Sturze aus der Scheide gleitend,—so beruhigte er sein zweifelndes Gemüth damit: Undine sei gar keine Fischers-Tochter, sei vielmehr, aller Wahrscheinlichkeit nach, aus einem wundersamen hochfürstlichen Hause der Fremde gebürtig. Nur das war ihm in der Seele zuwider, wenn die alte Frau Undinen in seiner Gegenwart schalt. Das launische Mädchen lachte zwar meist, ohne alles Hehl, ganz ausgelassen darüber; aber ihm war es, als taste man seine Ehre an, und doch wußte er der alten Fischerin nicht Unrecht zu geben, denn Undine verdiente immer zum wenigsten zehnfach so viel Schelte, als sie bekam; daher er denn auch der Hauswirthin im Herzen gewogen blieb, und das ganze Leben seinen stillen, vergnüglichen Gang fürder ging. Es kam aber doch endlich eine Störung hinein; der Fischer und der Ritter waren nämlich gewohnt gewesen, beim Mittagsmahle, und auch des Abends, wenn der Wind draußen heulte, wie er es fast immer gegen die Nacht zu thun pflegte, sich mit einander bei einem Kruge Wein zu ergötzen. Nun war aber der ganze Vorrath zu Ende gegangen, den der Fischer früher von der Stadt nach und nach mitgebracht hatte, und die beiden Männer wurden darüber ganz verdrießlich. Undine lachte sie den Tag über wacker aus, ohne daß beide so lustig, wie gewöhnlich, in ihre Scherze einstimmten. Gegen Abend war sie aus der Hütte gegangen; sie sagte, um den zwei langen und langweiligen Gesichtern zu entgehen. Weil es nun in der Dämmerung wieder nach Sturm aussah, und das Wasser bereits heulte und rauschte, sprangen der Ritter und der Fischer erschreckt vor die Thür, um das Mädchen heimzuholen, der Angst jener Nacht gedenkend, wo Huldbrand zum ersten Mal in der Hütte gewesen war. Undine aber trat ihnen entgegen, freundlich in ihre Händchen klopfend. „Was gebt Ihr mir, wenn ich euch Wein verschaffe? Oder vielmehr, Ihr braucht mir nichts zu geben," fuhr sie fort, „denn ich bin schon zufrieden, wenn Ihr lustiger aussehet, und bessere Einfälle habt, als diesen letzten, langweiligen Tag hindurch. Kommt nur mit; der Waldstrom hat ein Faß an das Ufer getrieben, und ich will verdammt sein, eine ganze Woche lang zu schlafen, wenn es nicht ein Weinfaß ist."—Die Männer folgten ihr nach, und fanden wirklich, an einer umbüschten Bucht des Ufers, ein Faß, welches ihnen Hoffnung gab, als enthalte es den edlen Trank, wonach sie verlangten. Sie wälzten es vor Allem auf's Schleunigste in die Hütte, denn ein schweres Wetter zog wieder am Abendhimmel herauf, und man konnte in der Dämmerung bemerken, wie die Wogen des See's ihre weißen Häupter schäumend empor richteten, als sähen sie sich nach dem Regen um, der nun bald auf sie herunter rauschen sollte.

Undine half den Beiden nach Kräften, und sagte, als das Regenwetter plötzlich allzu schnell herauf heulte, lustig drohend in die schweren Wolken hinein: „Du! Du! Hüte Dich, daß Du uns nicht naß machst; wir sind noch lange nicht unter Dach."—Der Alte verwies ihr solches als eine sündhafte Vermessenheit; aber sie kicherte leise vor sich hin, und es widerfuhr auch Niemandem etwas Uebles darum. Vielmehr gelangten alle Drei, wider Vermuthung, mit ihrer Beute trocken an den behaglichen Herd, und erst, als man das Faß geöffnet und erprobt hatte, daß es einen wundersam trefflichen Wein enthalte, riß sich der Regen aus dem dunkeln Gewölke los, und rauschte der Sturm durch die Wipfel der Bäume und über des See's empörte Wogen hin.

Einige Flaschen waren bald aus dem großen Fasse gefüllt, das für viele Tage Vorrath verhieß; man saß trinkend und scherzend, und heimisch gesichert vor dem tobenden Unwetter, an der Gluth des Herdes beisammen. Da sagte der alte Fischer, und ward plötzlich sehr ernst: Ach großer Gott, wir freuen uns der edlen Gabe, und der, welchem sie zuerst angehörte und vom Strome genommen ward, hat wohl gar das liebe Leben darum lassen müssen."—„Er wird ja nicht gerade!" meinte Undine, und schenkte dem Ritter lächelnd ein. Der aber sagte: „Bei meiner höchsten Ehre, alter Vater, wüßt' ich ihn zu finden und zu retten, mich sollte kein Gang in die Nacht hinaus dauern, und keine Gefahr. So viel aber kann ich Euch versichern, komm' ich je wieder zu bewohnteren Landen, so will ich ihn oder seine Erben schon ausfindig machen, und diesen Wein doppelt und dreifach ersetzen."—Das freute den alten Mann; er winkte dem Ritter billigend zu, und trank nun seinen Becher mit besserem Gewissen und Behagen leer. Undine aber sagte zu Huldbranden: „Mit der Entschädigung und mit Deinem Golde halt' es, wie Du willst. Das aber mit dem Nachlaufen und Suchen war dumm geredet. Ich weinte mir die Augen aus, wenn Du darüber verloren gingst, und, nicht wahr, Du möchtest auch lieber bei mir bleiben und bei dem guten Wein?" — „Das freilich," entgegnete Huldbrand lächelnd.

"Nun," sagte Undine, "also hast Du dumm gesprochen. Denn Jeder ist sich doch selbst der Nächste, und was gehen einen die anderen Leute an."— Die Hauswirthin wandte sich seufzend und kopfschüttelnd von ihr ab, der Fischer vergaß seiner sonstigen Vorliebe für das zierliche Mägdlein und schalt. "Als ob Dich Heiden und Türken erzogen hätten, klingt ja das," schloß er seine Rede; "Gott verzeih' es mir und Dir, Du ungerathenes Kind."—"Ja, aber mir ist doch nun einmal so zu Muthe," entgegnete Undine, "habe mich erzogen, wer da will, und was können da all' Eure Worte helfen."—"Schweig!" fuhr der Fischer sie an, und sie, die ungeachtet ihrer Keckheit doch äußerst schreckhaft war, fuhr zusammen, schmiegte sich zitternd an Huldbrand, und fragte ihn ganz leise: "Bist Du auch böse, schöner Freund?" Der Ritter drückte ihr die zarte Hand, und streichelte ihre Locken. Sagen konnte er nichts, weil ihm der Aerger über des Alten Härte gegen Undinen die Lippen schloß, und so saßen beide Paare mit einem Male unwillig und im verlegnen Schweigen einander gegenüber.

Sechstes Kapitel.
Von einer Trauung.

Ein leises Klopfen an die Thür klang durch diese Stille, und erschreckte Alle, die in der Hütte saßen, wie es denn wohl bisweilen zu kommen pflegt, daß auch eine Kleinigkeit, die ganz unvermuthet geschieht, einem den Sinn recht furchtbarlich aufregen kann. Aber hier kam noch dazu, daß der verrufene Forst sehr nahe lag, und daß die Seespitze für menschliche Besuche jetzt unzugänglich schien. Man sah einander zweifelnd an, das Pochen wiederholte sich, von einem tiefen Aechzen begleitet; der Ritter ging nach seinem Schwerdte. Da sagte aber der alte Mann leise: "Wenn es das ist, was ich fürchte, hilft uns keine Waffe."—Undine näherte sich indessen der Thür, und rief ganz unwillig und keck: "Wenn Ihr Unfug treiben wollt, Ihr Erdgeister, so soll Euch Kühleborn was Besseres lehren."—Das Entsetzen der Andern ward durch diese wunderlichen Worte vermehrt, sie sahen das Mädchen scheu an, und Huldbrand wollte sich eben zu einer Frage an sie ermannen, da sagte es von draußen: „Ich bin kein Erdgeist, wohl aber ein Geist, der noch im irdischen Körper hauset. Wollt Ihr mir helfen, und fürchtet Ihr Gott, Ihr drinnen in der Hütte, so thut mir auf." Undine hatte bei diesen Worten die Thüre bereits geöffnet, und leuchtete mit einer Ampel in die stürmische Nacht hinaus, so daß man draußen einen alten Priester wahrnahm, der vor dem unversehenen Anblicke des wunderschönen Mägdleins erschreckt zurücktrat. Er mochte wohl denken, es müsse Spuk und Zauberei mit im Spiele sein, wo ein so herrliches Bild aus einer so niedern Hüttenpforte erscheine; deshalben fing er an zu beten: „Alle gute Geister loben Gott den Herrn!"—„Ich bin kein Gespenst!" sagte Undine lächelnd; „seh' ich denn so häßlich aus? Zudem könnt Ihr ja wohl merken, daß mich kein frommer Spruch erschreckt. Ich weiß doch auch von Gott und versteh' ihn auch zu loben; Jedweder auf seine Weise freilich, und dazu hat er uns erschaffen. Tretet herein, ehrwürdiger Vater; Ihr kommt zu guten Leuten."

Der Geistliche kam neigend und umblickend herein und sah gar lieb und ehrwürdig aus. Aber das Wasser troff aus allen Falten seines dunkeln Kleides, und aus dem langen weißen Bart und den weißen Locken des Haupthaares. Der Fischer und der Ritter führten ihn in eine Kammer, und gaben ihm andre Kleider, während sie den Weibern die Gewande des Priesters zum Trocknen in das Zimmer reichten. Der fremde Greis dankte auf's Demüthigste und Freundlichste, aber des Ritters glänzenden Mantel, den ihm dieser entgegen hielt, wollte er auf keine Weise annehmen; er wählte statt dessen ein altes graues Oberkleid des Fischers. So kamen sie denn in das Gemach zurück, die Hausfrau räumte dem Priester alsdann ihren großen Sessel, und ruhte nicht eher, bis er sich darauf niedergelassen hatte; „denn," sagte sie, „Ihr seid alt und erschöpft, und geistlich obendrein."—Undine schob den Füßen des Fremden ihr kleines Bänkchen unter, worauf sie sonst neben Huldbranden zu sitzen pflegte, und bewies sich überhaupt in der Pflege des guten Alten höchst sittig und anmuthig. Huldbrand flüsterte ihr darüber eine Neckerei in's Ohr, sie aber entgegnete sehr ernst: „Er dient ja dem, der uns Alle geschaffen hat; damit ist nicht zu spaßen." — Der Ritter und der Fischer labten darauf den Priester mit Speise und Wein, und dieser fing, nachdem er sich etwas erholt hatte, zu erzählen an, wie er gestern aus seinem Kloster, das fern über den großen Landsee hinaus liege, nach dem Sitze des Bischofs habe reisen sollen, um demselben die Noth kund zu thun, in welche durch die jetzigen wunderbaren Ueberschwemmungen das Kloster und dessen Zinsdörfer gerathen seien. Da habe er nach langen Umwegen, um eben dieser Ueberschwemmung willen, sich heute gegen Abend dennoch genöthigt gesehen, einen übergetretenen Arm des See's, mit Hülfe zweier guten Fährleute, zu überschiffen. — „Kaum aber," fuhr er fort, „hatte unser kleines Fahrzeug die Wellen berührt, so brach auch schon der ungeheure Sturm los, der noch jetzt über unsern Häuptern fortwüthet. Es war, als hätten die Fluthen nur auf uns gewartet, um die allertollsten, strudelndsten Tänze mit uns zu beginnen. Die Ruder waren bald aus meiner Führer Händen gerissen, und trieben zerschmettert auf den Wogen weiter und weiter vor uns hinaus. Wir selbst flogen, hülflos und der tauben Naturkraft hingegeben, auf der Höhe des See's zu Euren fernen Ufern herüber, die wir schon zwischen den Nebeln und Wasserschäumen emporstreben sahen. Da drehte sich endlich der Nachen immer wilder und schwindlicher; ich weiß nicht, stürzte er um, stürzte ich heraus. In dunkelm Aengstigen des nahen, schrecklichen Todes trieb ich weiter, bis mich eine Welle hier unter die Bäume an Eure Insel warf."

„Ja, Insel!" sagte der Fischer. „Vor Kurzem war's noch eine Landspitze. Nun aber, seit Waldstrom und See schier toll geworden sind, sieht es ganz anders mit uns aus."

„Ich merkte so etwas," sagte der Priester, „indem ich im Dunkeln das Wasser entlängst schlich, und ringsum nur wildes Gebrause antreffend, endlich schaute, wie sich ein betretener Fußpfad gerade in das Getos hinein verlor. Nun sah ich das

Licht in Eurer Hütte, und wagte mich hierher, wo ich denn meinem himmlischen Vater nicht genug danken kann, daß er mich nach meiner Rettung aus dem Gewässer auch noch zu so frommen Leuten geführt hat, als zu Euch; und das um so mehr, da ich nicht wissen kann, ob ich außer Euch Vieren noch in diesem Leben andre Menschen wieder zu sehen bekomme."

„Wie meint Ihr das?" fragte der Fischer.

„Wißt Ihr denn, wie lange dieses Treiben der Elemente währen soll," entgegnete der Geistliche. „Und ich bin alt an Jahren. Gar leicht mag mein Lebensstrom eher versiegend unter die Erde gehen, als die Ueberschwemmung des Waldstromes da draußen. Und überhaupt, es wäre ja nicht unmöglich, daß mehr und mehr des schäumenden Wassers sich zwischen Euch und den jenseitigen Forst drängte, bis Ihr so weit von der übrigen Erde abgerissen würdet, daß Euer Fischerkähnlein nicht mehr hinüber reichte und die Bewohner des festen Landes in ihren Zerstreuungen Euer Alter gänzlich vergessen."

Die alte Hausfrau fuhr hierüber zusammen, kreuzte sich und sagte: „Das verhüte Gott!" Aber der Fischer sah sie lächelnd an und sprach: „Wie doch auch nun der Mensch ist! Es wäre ja dann nicht anders, wenigstens nicht für Dich, liebe Frau, als es nun ist. Bist Du denn seit vielen Jahren weiter gekommen, als an die Grenze des Forstes? Und hast Du andere Menschen gesehen, als Undinen und mich? Seit Kurzem sind nun noch der Ritter und der Priester zu uns gekommen. Die blieben bei uns, wenn wir zur vergessenen Insel würden; also hättest Du ja den besten Gewinn davon."

„Ich weiß nicht," sagte die alte Frau, „es wird einem doch unheimlich zu Muthe, wenn man sich's nun so vorstellt, daß man unwiederbringlich von den anderen Leuten geschieden wäre, ob man sie übrigens auch weder kennt noch sieht."

„Du bliebest dann bei uns, Du bliebest dann bei uns!" flüsterte Undine ganz leise, halb singend, und schmiegte sich inniger an Huldbrand's Seite. Dieser aber war in tiefen und seltsamen Gebilden seines Innern verloren. Die Gegend jenseit des Waldwassers zog sich seit des Priesters letzten Worten immer ferner und dunkler von ihm ab, die blühende Insel, auf welcher er lebte, grünte und lachte immer frischer in sein Gemüth herein. Die Braut glühte als die schönste Rose dieses kleinen Erdstriches und auch der ganzen Welt hervor, der Priester war zur Stelle. Dazu kam noch eben, daß ein zürnender Blick der Hausfrau das schöne Mädchen traf, weil sie sich in Gegenwart des geistlichen Herrn so dicht an ihren Liebling lehnte und es schien, als wollte ein Strom von unerfreulichen Worten folgen. Da brach es aus des Ritters Munde, daß er, gegen den Priester gewandt, sagte: „Ihr seht hier ein Brautpaar vor Euch, ehrwürdiger Herr, und wenn dies Mädchen und die guten alten Fischersleute nichts dawider haben, sollt Ihr uns heute Abend noch zusammen geben."

Die beiden alten Eheleute waren sehr verwundert. Sie hatten zwar bisher oft so etwas gedacht, aber ausgesprochen hatten sie es doch niemals, und wie nun der Ritter dies that, kam es ihnen als etwas ganz Neues und Unerhörtes vor. Undine war plötzlich ernst geworden und sah tiefsinnig vor sich nieder, während der Priester nach den näheren Umständen fragte und sich bei den Alten nach ihrer Einwilligung erkundigte. Man kam nach mannigfachem Hin- und Herreden mit einander auf's Reine; die Hausfrau ging, um den jungen Leuten das Brautgemach zu ordnen und zwei geweihte Kerzen, die sie seit langer Zeit verwahrt hielt, für die Trauungsfeierlichkeit hervor zu suchen. Der Ritter nestelte indeß an seiner goldenen Kette und wollte zwei Ringe losdrehen, um sie mit der Braut wechseln zu können. Diese aber fuhr, es bemerkend, aus ihrem tiefen Sinnen auf und sprach: „Nicht also! Ganz bettelarm haben mich meine Eltern nicht in die Welt hinein geschickt; vielmehr haben sie gewißlich schon frühe darauf gerechnet, daß ein solcher Abend aufgehen solle." Damit war sie schnell aus der Thür und kam gleich darauf mit zwei kostbaren Ringen zurück, deren einen sie ihrem Bräutigam gab und den andern für sich behielt. Der alte Fischer war ganz erstaunt darüber und noch mehr die Hausfrau, die eben wieder hereintrat, da Beide diese Kleinodien noch niemals bei dem Kinde gesehen hatten. „Meine Eltern," entgegnete Undine, „ließen mir diese Dingerchen in das schöne Kleid nähen, das ich gerade an hatte, da ich zu Euch kam. Sie verboten mir auch, auf irgend eine Weise Jemandem davon zu sagen vor meinem Hochzeitabend. Da habe ich sie denn also stille heraus getrennt und verborgen gehalten bis heute." Der Priester unterbrach das weitere Fragen und Verwundern, indem er die geweihten Kerzen anzündete, sie auf einen Tisch stellte und das Brautpaar sich gegenüber treten hieß. Er gab sie sodann mit kurzen, feierlichen Worten zusammen, die alten Eheleute segne= ten die jungen, und die Braut lehnte sich leise zitternd und nachdenklich an den Ritter. Da sagte der Priester mit einem Male: „Ihr Leute seid doch seltsam! Was sagt Ihr mir denn, Ihr wäret die einzigen Menschen hier auf der Insel? Und während der ganzen Trauhandlung sah zu dem Fenster mir gegenüber ein ansehnlicher, langer Mann im weißen Man= tel herein. Er muß noch vor der Thüre stehen, wenn ihr ihn etwa mit in's Haus nöthigen wollt."—„Gott bewahre!" sagte die Wirthin, zusammenfahrend; der alte Fischer schüttelte schweigend den Kopf und Huldbrand sprang nach dem Fenster. Es war ihm selbst, als sehe er noch einen weißen Streif, der aber bald im Dunkel gänzlich verschwand. Er redete dem Priester ein, daß er sich durchaus geirrt haben müsse und man setzte sich vertraulich zusammen um den Heerd.

Siebentes Kapitel.
Was sich weiter am Hochzeitabend begab.

Gar sittig und still hatte sich Undine vor und während der Trauung bewiesen, nun aber war es, als schäumten alle die wunderlichen Grillen, welche in ihr haus'ten, um so dreister und kecker auf der Oberfläche hervor. Sie neckte Bräutigam und Pflegeeltern und selbst den noch kaum so hoch verehrten Priester mit allerhand kindischen Streichen, und als die Wir= thin etwas dagegen sagen wollte, brachten diese ein paar ernste

Worte des Ritters, worin er Undinen mit großer Bedeutsamkeit seine Hausfrau nannte, zum Schweigen. Ihm selbst indessen, dem Ritter, gefiel Undine's kindisches Bezeigen eben so wenig; aber da half kein Winken und kein Räuspern und keine tadelnde Rede. So oft die Braut ihres Lieblings Unzufriedenheit merkte,—und das geschah einige Mal,—ward sie freilich stiller, setzte sich neben ihn, streichelte ihn, flüsterte ihm lächelnd etwas in das Ohr und glättete so die aufsteigenden Falten seiner Stirn. Aber gleich darauf riß sie irgend ein toller Einfall wieder in das gaukelnde Treiben hinein und es ging nur ärger als zuvor. Da sagte der Priester sehr ernsthaft und sehr freundlich: „Mein anmuthiges junges Mägdlein, man kann Euch zwar nicht ohne Ergötzen ansehen, aber denkt darauf, Eure Seele bei Zeiten so zu stimmen, daß sie immer die Harmonie zu der Seele Eures angetrauten Bräutigams anklingen lasse."—„Seele!" lachte ihn Undine an; „das klingt recht hübsch, und mag auch für die meisten Leute eine gar erbauliche und nutzreiche Regel sein. Aber wenn nun Eins gar keine Seele hat, bitt' Euch, was soll es denn da stimmen? Und so geht es mir." Der Priester schwieg, tief verletzt im frommen Zürnen und kehrte sein Antlitz wehmüthig von dem Mädchen ab. Sie aber ging schmeichelnd auf ihn zu und sagte: „Nein, hört doch erst ordentlich, eh' Ihr böse ausseht, denn Euer Böseaussehen thut mir weh und Ihr müßt doch keiner Kreatur weh thun, die Euch ihrerseits nichts zu Leide gethan hat. Zeigt Euch nur duldsam gegen mich und ich will's Euch ordentlich sagen, wie ich's meine."

Man sah, sie stellte sich in Bereitschaft, etwas recht Ausführliches zu erzählen, aber plötzlich stockte sie, wie von einem inneren Schauer ergriffen und brach in einen reichen Strom der wehmüthigsten Thränen aus. Sie wußten Alle nicht mehr, was sie recht aus ihr machen sollten und starrten sie in unterschiedlichen Besorgnissen schweigend an. Da sagte sie endlich, sich ihre Thränen abtrocknend und den Priester ernsthaft ansehend: „Es muß etwas Liebes, aber auch etwas höchst Furchtbares um eine Seele sein. Um Gott, mein frommer

Mann, wär' es nicht besser, man würde ihrer nie theilhaftig?"
Sie schwieg wieder still, wie auf Antwort wartend, ihre Thränen waren gehemmt. Alle in der Hütte hatten sich von ihren Sitzen erhoben und traten schaudernd vor ihr zurück. Sie aber schien nur für den Geistlichen Augen zu haben, auf ihren Zügen malte sich der Ausdruck einer fürchtenden Neubegier, die eben deshalb den Andern höchst furchtbar vorkam. „Schwer muß die Seele lasten," fuhr sie fort, da ihr noch Niemand antwortete, „sehr schwer! Denn schon ihr annahendes Bild überschattet mich mit Angst und Trauer. Und ach, ich war so leicht, so lustig sonst!" Und in einen erneuten Thränenstrom brach sie aus und schlug das Gewand vor ihrem Antlitze zusammen. Da trat der Priester, ernsten Ansehens, auf sie zu und sprach sie an, und beschwur sie bei den heiligsten Namen, sie solle die lichte Hülle abwerfen, falls etwas Böses in ihr sei. Sie aber sank vor ihm in die Knie, alles Fromme wiederholend, was er sprach, und Gott lobend und betheuernd, sie meine es gut mit der ganzen Welt. Da sagte endlich der Priester zum Ritter: „Herr Bräutigam, ich lasse Euch allein mit der, die ich Euch angetraut habe. So viel ich ergründen kann, ist nichts Uebles an ihr, wohl aber des Wundersamen viel. Ich empfehle Euch Vorsicht, Liebe und Treue." Damit ging er hinaus, die Fischersleute folgten ihm, sich bekreuzend.

Undine war auf die Knie gesunken, sie entschleierte ihr Angesicht, und sagte, scheu nach Huldbranden umblickend: „Ach, nun willst Du mich gewiß nicht behalten; und hab' ich doch nichts Böses gethan, ich armes, armes Kind!"—Sie sah dabei so unendlich anmuthig und rührend aus, daß ihr Bräutigam alles Grauens und aller Räthselhaftigkeit vergaß, zu ihr hineilend, und sie in seinen Armen empor richtend. Da lächelte sie durch ihre Thränen; es war, als wenn das Morgenroth auf kleinen Bächen spielt.—„Du kannst nicht von mir lassen!" flüsterte sie vertraulich und sicher, und streichelte mit dem zarten Händchen des Ritters Wangen. Dieser wandte sich darüber von den furchtbaren Gedanken ab, die noch im Hintergrunde

seiner Seele lauerten, und ihm einreden wollten, er sei an eine
Fey, oder sonst ein böslich neckendes Wesen der Geisterwelt,
angetraut; nur noch die einzige Frage ging fast unversehens
über seine Lippen: „Liebes Undinchen, sage mir doch das Eine,
was war es, das Du von Erdgeistern sprachst, da der Priester
an die Thür klopfte, und von Kühleborn?"—„Mährchen!
Kindermährchen!" sagte Undine lachend, und ganz wieder in
ihrer gewohnten Lustigkeit. „Erst hab' ich Euch damit bange
gemacht, am Ende habt Ihr's mich. Das ist das Ende vom
Liede und vom ganzen Hochzeitabend."—„Nein, das ist es
nicht," sagte der von Liebe berauschte Ritter, löschte die Kerzen,
und trug seine schöne Geliebte unter tausend Küssen, vom
Monde, der hell durch die Fenster herein sah, anmuthig be=
leuchtet, zu der Brautkammer hinein.

Achtes Kapitel.
Der Tag nach der Hochzeit.

Ein frisches Morgenlicht weckte die jungen Eheleute. Un=
dine verbarg sich schamhaft unter ihre Decken und Huldbrand
lag still sinnend vor sich hin. So oft er in der Nacht einge=
schlafen war, hatten ihn wunderlich grausende Träume verstört
von Gespenstern, die sich heimlich grinsend in schöne Frauen zu
verkleiden strebten, von schönen Frauen, die mit einem Male
Drachen=Angesichter bekamen. Und wenn er von den häßlichen
Gebilden in die Höhe fuhr, stand das Mondenlicht bleich und
kalt draußen vor den Fenstern; entsetzt blickte er nach Undinen,
an deren Busen er eingeschlafen war, und die in unverwan=
delter Schönheit und Anmuth neben ihm ruhte. Dann drückte
er einen leichten Kuß auf die rosigen Lippen, und schlief wieder
ein, um von neuen Schrecken erweckt zu werden. Nachdem er
sich nun alles dieses recht im vollen Wachen überlegt hatte,
schalt er sich selbst über jedweden Zweifel aus, der ihn an seiner
schönen Frau hatte irre machen können. Er bat ihr auch sein
Unrecht mit klaren Worten ab, sie aber reichte ihm nur die
schöne Hand, seufzte aus tiefem Herzen, und blieb still. Aber

ein unendlich inniger Blick aus ihren Augen, wie er ihn noch nie gesehen hatte, ließ ihm keinen Zweifel, daß Undine von keinem Unwillen gegen ihn wisse. Er stand dann heiter auf, und ging zu den Hausgenossen in das gemeinsame Zimmer vor. Die Drei saßen mit besorglichen Mienen um den Heerd, ohne daß sich Einer getraut hätte, seine Worte laut werden zu lassen. Es sah aus, als bete der Priester in seinem Innern um Abwendung alles Uebels. Da man nun aber den jungen Ehemann so vergnügt hervor gehen sah, glätteten sich auch die Falten in den übrigen Angesichtern; ja, der alte Fischer fing an, mit dem Ritter zu scherzen, auf eine recht sittige, ehrbare Weise, so daß selbst die alte Hausfrau ganz freundlich dazu lächelte. Darüber war endlich Undine auch fertig geworden, und trat nun in die Thür; Alle wollten ihr entgegen gehen, und Alle blieben voll Verwunderung stehen, so fremd kam ihnen die junge Frau vor, und doch so wohlbekannt. Der Priester schritt zuerst mit Vaterliebe in den leuchtenden Blicken auf sie zu, und wie er die Hand zum Segnen empor hob, sank das schöne Weib andächtig schauernd vor ihm in die Knie. Sie bat ihn darauf mit einigen freundlich demüthigen Worten wegen des Thörichten, das sie gestern gesprochen haben möge, um Verzeihung, und ersuchte ihn mit sehr bewegtem Tone, daß er für das Heil ihrer Seele beten wolle. Dann erhob sie sich, küßte ihre Pflegeeltern, und sagte, für alles genossene Gute dankend: „O, jetzt fühle ich es im innersten Herzen, wie viel, wie unendlich viel Ihr für mich gethan habt, Ihr lieben, lieben Leute!"—Sie konnte erst gar nicht wieder von ihren Liebkosungen abbrechen, aber kaum gewahrte sie, daß die Hausfrau nach dem Frühstücke hinsah, so stand sie auch bereits am Heerde, kochte und ordnete an, und litt nicht, daß die gute alte Mutter auch nur die geringste Mühwaltung über sich nahm.

Sie blieb den ganzen Tag lang so; still, freundlich und achtsam, ein Hausmütterlein und ein zart verschämtes, jungfräuliches Wesen zugleich. Die Drei, welche sie schon länger kannten, dachten in jedem Augenblick irgend ein wunderliches Wechselspiel ihres launischen Sinnes hervorbrechen zu sehen.

Aber sie warteten vergebens darauf. Undine blieb engelmild und sanft. Der Priester konnte seine Augen gar nicht von ihr wegwenden, und sagte mehrere Male zum Bräutigam: „Herr, einen Schatz hat Euch gestern die himmlische Güte durch mich Unwürdigen anvertraut; wahrt ihn, wie es sich gebührt, so wird er Euer ewiges und zeitliches Heil befördern."

Gegen Abend hing sich Undine mit demüthiger Zärtlichkeit an des Ritters Arm, und zog ihn sanft vor die Thür hinaus, wo die sinkende Sonne anmuthig über den frischen Gräsern und um die hohen, schlanken Baumstämme leuchtete. In den Augen der jungen Frau schwamm es, wie Thau der Wehmuth und der Liebe, auf ihren Lippen schwebte es, wie ein zartes, besorgliches Geheimniß, das sich aber nur in kaum vernehmlichen Seufzern kund gab. Sie führte ihren Liebling schweigend immer weiter mit sich fort; was er sagte, beantwortete sie nur mit Blicken, in denen zwar keine unmittelbare Auskunft auf seine Fragen, wohl aber ein ganzer Himmel der Liebe und schüchternen Ergebenheit lag. So gelangte sie an das Ufer des übergetretenen Waldstroms, und der Ritter erstaunte, diesen in leisen Quellen verrinnend dahin rieseln zu sehen, so daß keine Spur seiner vorigen Wildheit und Fülle mehr anzutreffen war.—„Bis morgen wird er ganz versiegt sein," sagte die schöne Frau weinerlich, „und Du kannst dann ohne Widerspruch reisen, wohinaus Du willst."—„Nicht ohne Dich, Undinchen," entgegnete der lachende Ritter; „denke doch, wenn ich auch Lust hätte auszureißen, so müßte ja Kirche und Geistlichkeit und Kaiser und Reich d'rein schlagen, und Dir den Flüchtling wiederbringen." — „Kommt Alles auf Dich an, kommt Alles auf Dich an," flüsterte die Kleine, halb weinend, halb lachend. „Ich denke aber doch, Du wirst mich wohl behalten; ich bin Dir ja gar zu innig gut. Trage mich nun hinüber auf die kleine Insel, die vor uns liegt. Da soll sich's entscheiden. Ich könnte wohl leichtlich selbst durch die Wellchen schlüpfen, aber in Deinen Armen ruht sich's so gut, und verstößest Du mich, so hab' ich doch noch zum letzten Male anmuthig darin geruht."—Huldbrand, voll von einer seltsamen

Bangigkeit und Rührung, wußte ihr nichts zu erwiedern. Er nahm sie in seine Arme, und trug sie hinüber, sich nun erst besinnend, daß es dieselbe kleine Insel war, von der er sie in jener ersten Nacht dem alten Fischer zurück getragen hatte. Jenseits ließ er sie in das weiche Gras nieder, und wollte sich schmeichelnd neben seine schöne Bürde setzen; sie aber sagte: "Nein, dorthin, mir gegenüber. Ich will in Deinen Augen lesen, noch ehe Deine Lippen sprechen. Höre nun recht achtsam zu, was ich Dir erzählen will." Und sie begann:

"Du sollst wissen, mein süßer Liebling, daß es in den Elementen Wesen gibt, die fast aussehen, wie Ihr, und sich doch nur selten vor Euch blicken lassen. In den Flammen glitzern und spielen die wunderlichen Salamander, in der Erde tief hausen die dürren tückischen Gnomen, durch die Wälder streifen die Waldleute, die der Luft angehören, und in den Seen und Strömen und Bächen lebt der Wassergeister ausgebreitetes Geschlecht. In klingenden Krystallgewölben, durch die der Himmel mit Sonn' und Sternen herein sieht, wohnt sich's schön; hohe Korallenbäume mit blau und rothen Früchten leuchten in den Gärten; über reinlichen Meeressand wandelt man, und über schöne, bunte Muscheln, und was die alte Welt des also Schönen besaß, daß die heutige nicht mehr sich daran zu freuen würdig ist, das überzogen die Fluthen mit ihren heimlichen Silberschleiern, und unten prangen nun die edlen Denkmale, hoch und ernst, und anmuthig bethaut vom liebenden Gewässer, das aus ihnen schöne Moosblumen und kränzende Schilfbüschel hervorlockt. Die aber dorten wohnen, sind gar hold und lieblich anzuschauen, meist schöner als die Menschen sind. Manch einem Fischer ward es schon so gut, ein zartes Wasserweib zu belauschen, wie sie über die Fluthen hervorstieg und sang. Der erzählte dann von ihrer Schöne weiter, und solche wundersame Frauen werden von den Menschen Undinen genannt. Du aber siehst jetzt wirklich eine Undine, lieber Freund."

Der Ritter wollte sich einreden, seiner schönen Frau sei irgend eine ihrer seltsamen Launen wach geworden, und sie finde ihre Lust daran, ihn mit bunt erdachten Geschichten zu necken. Aber so sehr er sich dies auch vorsagte, konnte er doch keinen Augenblick daran glauben; ein seltsamer Schauder zog durch sein Inneres; unfähig ein Wort hervorzubringen, starrte er unverwandten Auges die holde Erzählerin an. Diese schüttelte betrübt den Kopf, seufzte aus vollem Herzen, und fuhr alsdann folgendermaßen fort:

„Wir wären weit besser daran, als Ihr anderen Menschen;—denn Menschen nennen wir uns auch, wie wir es denn der Bildung und dem Leibe nach sind;—aber es ist ein gar Uebles dabei. Wir und unseres Gleichen in den anderen Elementen, wir zerstieben und vergehen mit Geist und Leib, daß keine Spur von uns zurückbleibt, und wenn Ihr Anderen dermaleinst zu einem reineren Leben erwacht, sind wir geblieben, wo Sand und Funk' und Wind und Welle blieb. Darum haben wir auch keine Seelen; das Element bewegt uns, gehorcht uns oft, so lange wir leben, zerstäubt uns immer, so bald wir sterben, und wir sind lustig, ohne uns irgend zu grämen, wie es die Nachtigallen und Goldfischlein und andere hübsche Kinder der Natur ja gleichfalls sind. Aber Alles will höher, als es steht. So wollte mein Vater, der ein mächtiger Wasserfürst im mittelländischen Meere ist, seine einzige Tochter solle einer Seele theilhaftig werden, und müsse sie darüber auch viele Leiden der beseelten Leute bestehen. Eine Seele aber kann unseres Gleichen nur durch den innigsten Verein der Liebe mit Einem Eueres Geschlechtes gewinnen. Nun bin ich beseelt, Dir dank' ich die Seele, o Du unaussprechlich Geliebter, und Dir werde ich es danken, wenn Du mich auch mein ganzes Leben hindurch elend machst. Denn was soll aus mir werden, wenn Du mich scheuest und mich verstößest? Durch Trug aber möchte ich Dich nicht behalten. Und willst Du mich verstoßen, so gehe allein an das Ufer zurück. Ich tauche mich in diesen Bach, der mein Oheim ist, und hier im Walde sein wunderliches Einsiedlerleben, von den übrigen Freunden entfernt, führt. Er ist aber mächtig und vielen großen Strömen werth und theuer, und wie er mich herführte zu den Fischern, mich leichtes und lachendes Kind, wird er mich auch wieder heimführen zu den Eltern, mich beseelte, liebende, leidende Frau."

Sie wollte noch mehr sagen, aber Huldbrand umfaßte sie, voll der innigsten Rührung und Liebe, und trug sie wieder an's Ufer zurück. Hier erst schwur er unter Thränen und Küssen, sein holdes Weib niemals zu verlassen und pries sich glücklicher als den griechischen Bildner Pygmalion, welchem Frau Venus seinen schönen Stein zur Geliebten belebt habe. Im süßen Vertrauen wandelte Undine an seinem Arme nach der Hütte zurück und empfand nun erst von ganzem Herzen, wie wenig sie die verlassenen Kryftallpaläste ihres wundersamen Vaters bedauern dürfe.

Neuntes Kapitel.
Wie der Ritter seine junge Frau mit sich führte.

Als Huldbrand am anderen Morgen vom Schlaf erwachte, fehlte seine schöne Genossin an seiner Seite und er fing schon an, wieder den wunderlichen Gedanken nachzuhängen, die ihm seine Ehe und die reizende Undine selbst als ein flüchtiges Blendwerk und Gaukelspiel vorstellen wollten. Aber da trat sie eben zur Thür herein, küßte ihn, setzte sich zu ihm auf's Bett und sagte: „Ich bin etwas früh hinaus gewesen, um zu sehen, ob der Oheim Wort halte. Er hat schon alle Fluthen wieder in sein stilles Bett zurück gelenkt und rinnt nun nach wie vor einsiedlerisch und sinnend durch den Wald. Seine Freunde in Wasser und Luft haben sich auch zur Ruhe gegeben; es wird wieder Alles ordentlich und ruhig in diesen Gegenden zugehen und Du kannst trockenen Fußes heimreisen, sobald Du willst." Es war Huldbranden zu Muthe, als träumte er wachend fort, so wenig konnte er sich in die seltsame Verwandtschaft seiner Frau finden. Dennoch ließ er sich nichts merken und die unendliche Anmuth des holden Weibes wiegte auch bald jedwede unheimliche Ahnung zur Ruhe. Als er nach einer Weile mit ihr vor der Thür stand und die grünende See-

spitze mit ihren kleinen Wassergrenzen überschaute, ward es ihm so wohl in dieser Wiege seiner Liebe, daß er sagte: „Was sollen wir denn auch heute schon reisen? Wir finden wohl keine vergnügteren Tage in der Welt haußen, als wir sie an diesem heimlichen Schutzörtlein verlebten. Laß uns immer noch zwei oder drei Mal die Sonne hier untergehen sehen."
„Wie mein Herr es gebeut," entgegnete Undine in freundlicher Demuth. „Es ist nur, daß sich die alten Leute ohnehin schon mit Schmerzen von mir trennen werden, und wenn sie nun erst die treue Seele in mir spüren, und wie ich jetzt innig lieben und ehren kann, bricht ihnen wohl gar vor vielen Thränen das schwache Augenlicht. Noch halten sie meine Stille und Frömmigkeit für nichts Besseres, als es sonst in mir bedeutete, für die Ruhe des See's, wenn eben die Luft still ist, und sie werden sich nun eben so gut einem Bäumchen oder Blümlein befreunden lernen, als mir. Laß mich ihnen dies neugeschenkte, von Liebe wallende Herz nicht kundgeben in Augenblicken, wo sie es für diese Erde verlieren sollen, und wie könnt' ich es bergen, blieben wir länger zusammen?"

Huldbrand gab ihr Recht; er ging zu den Alten und besprach die Reise mit ihnen, die noch in dieser Stunde vor sich gehen sollte. Der Priester bot sich den beiden jungen Eheleuten zum Begleiter an, er und der Ritter hoben nach kurzem Abschied die schöne Frau auf's Pferd und schritten mit ihr über das ausgetrocknete Bett des Waldstroms eilig dem Forste zu. Undine weinte still, aber bitterlich; die alten Leute klagten ihr laut nach. Es schien, als sei diesen eine Ahnung aufgegangen von dem, was sie eben jetzt an der holden Pflegetochter verloren.

Die drei Reisenden waren schweigend in die dichtesten Schatten des Waldes gelangt. Es mochte hübsch anzusehen sein, in dem grünen Blättersaal, wie die schöne Frauengestalt auf dem edlen, zierlich geschmückten Pferde saß und von einer Seite der ehrwürdige Priester in seiner weißen Ordenstracht, von der anderen der blühende junge Ritter in bunten, hellen Kleidern, mit seinem prächtigen Schwerdte umgürtet, achtsam beiher schritten. Huldbrand hatte nur Augen für sein holdes Weib; Undine, die ihre lieben Thränen getrocknet, hatte nur Augen für ihn und sie geriethen bald in ein stilles, lautloses Gespräch mit Blicken und Winken, aus dem sie erst spät durch ein leises Reden erweckt wurden, welches der Priester mit einem vierten Reisegesellschafter hielt, der indeß unbemerkt zu ihnen gekommen war.

Er trug ein weißes Kleid, fast wie des Priesters Ordenshabit, nur daß ihm die Kappe ganz tief in's Gesicht hereinhing, und das Ganze in so weiten Falten um ihn her flog, daß er alle Augenblicke mit Aufraffen und über den Arm schlagen oder sonst dergleichen Anordnungen zu thun hatte, ohne daß er doch dadurch im Geringsten am Gehen behindert schien. Als die jungen Eheleute seiner gewahr wurden, sagte er eben: „Und so wohn' ich denn schon seit vielen Jahren hier im Walde, mein ehrwürdiger Herr, ohne daß man mich Eurem Sinne nach einen Eremiten nennen könnte. Denn wie gesagt, von Buße weiß ich nichts und glaube sie auch nicht sonderlich zu bedürfen. Ich habe nur deswegen den Wald so lieb, weil es sich auf eine ganz eigene Weise hübsch ausnimmt und mir Spaß macht, wenn ich in meinen flatternden weißen Kleidern durch die finstern Schatten und Blätter hingehe, und dann bisweilen ein süßer Sonnenstrahl unvermuthet auf mich herunter blitzt."—
„Ihr seid ein höchst seltsamer Mann," entgegnete der Priester, „und ich möchte wohl nähere Kunde von Euch haben."—„Und wer seid Ihr denn, von Einem auf's Andere zu kommen?" fragte der Fremde. „Sie nennen mich den Pater Heilmann," sprach der Geistliche, „und ich komme aus Kloster Mariagruß von jenseit des See's."—„So, so," antwortete der Fremde. „Ich heiße Kühleborn und wenn es auf Höflichkeit ankommt, könnte man mich auch wohl eben so gut Herr von Kühleborn betiteln, oder Freiherr von Kühleborn; denn frei bin ich, wie der Vogel im Walde und wohl noch ein Bischen darüber. Zum Exempel, jetzt hab' ich der jungen Frau dorten etwas zu erzählen." Und ehe man sich's versah, war er auf der andern Seite des Priesters, dicht neben Undinen, und reckte sich hoch in

die Höhe, um ihr etwas in's Ohr zu flüstern. Sie aber wandte sich erschrocken ab, sagend: „Ich habe nichts mit Euch mehr zu schaffen."—„Hoho," lachte der Fremde, „was für eine ungeheuer vornehme Heirath habt Ihr denn gethan, daß Ihr Eure Verwandten nicht mehr kennt? Wißt Ihr denn nicht vom Oheim Kühleborn, der Euch auf seinem Rücken so treu in diese Gegend trug?"—„Ich bitte Euch aber," entgegnete Undine, „daß Ihr Euch nicht wieder vor mir sehen laßt. Jetzt fürcht' ich Euch; und soll mein Mann mich scheuen lernen, wenn er mich in so seltsamer Gesellschaft und Verwandtschaft sieht?"—„Nichtchen," sagte Kühleborn, „Ihr müßt nicht vergessen, daß ich hier zum Geleiter bei Euch bin; die spukenden Erdgeister möchten sonst dummen Spaß mit Euch treiben. Laß mich also doch immer ruhig mitgehen; der alte Priester dort wußte sich übrigens meiner besser zu erinnern, als Ihr es zu thun scheint, denn er versicherte vorhin, ich käme ihm sehr bekannt vor und ich müsse wohl mit im Nachen gewesen sein, aus dem er in's Wasser fiel. Das war ich auch freilich, denn ich war just die Wasserhose, die ihn herausriß und schwemmt' ihn hernach zu Deiner Trauung vollends an's Land."

Undine und der Ritter sahen nach Pater Heilmann; der aber schien in einem wandelnden Traume fortzugehen und von Allem, was gesprochen ward, nichts mehr zu vernehmen. Da sagte Undine zu Kühleborn: „Ich sehe dort schon das Ende des Waldes. Wir brauchen Eurer Hülfe nicht mehr und nichts macht uns Grauen als Ihr. D'rum bitt' Euch in Lieb' und Güte, verschwindet und laßt uns in Frieden ziehen." Darüber schien Kühleborn unwillig zu werden; er zog ein häßliches Gesicht und grins'te Undinen an, die laut aufschrie und ihren Freund zu Hülfe rief. Wie ein Blitz war der Ritter um das Pferd herum und schwang die scharfe Klinge gegen Kühleborn's Haupt. Aber er hieb in einen Wasserfall, der von einer hohen Klippe neben ihnen herabschäumte und sie plötzlich mit einem Geplätscher, das beinahe wie Lachen klang, übergoß und bis auf die Haut durchnäßte. Der Priester sagte, wie plötzlich erwachend: „Das hab' ich lange gedacht, weil der

Bach so dicht auf der Anhöhe neben uns herlief. Anfangs wollt' es mir gar vorkommen, als wär' er ein Mensch und könne sprechen." In Huldbrand's Ohr rauschte der Wasserfall ganz vernehmlich diese Worte: „Rascher Ritter, rüst'ger Ritter, ich zürne nicht, ich zanke nicht; schirm' nur Dein reizend Weiblein stets so gut, Du Ritter rüstig, Du rasches Blut!"
Nach wenigen Schritten waren sie im Freien. Die Reichsstadt lag glänzend vor ihnen, und die Abendsonne, welche deren Thürme vergoldete, trocknete freundlich die Kleider der durchnäßten Wanderer.

Zehntes Kapitel.
Wie sie in der Stadt lebten.

Daß der junge Ritter Huldbrand von Ringstetten so plötzlich vermißt worden war, hatte großes Aufsehen in der Reichsstadt erregt, und Bekümmerniß bei den Leuten, die ihn allesammt wegen seiner Gewandheit bei Turnier und Tanz, wie auch wegen seiner milden, freundlichen Sitten lieb gewonnen hatten. Seine Diener wollten nicht ohne ihren Herrn von dem Orte wieder weg, ohne daß doch Einer den Muth gefaßt hätte, ihm in die Schatten des gefürchteten Forstes nach zu reiten. Sie blieben also in ihrer Herberge, unthätig hoffend, wie es die Menschen zu thun pflegen, und durch ihre Klagen das Andenken des Verlorenen lebendig erhalten. Wie nun bald darauf die großen Unwetter und Ueberschwemmungen merkbar wurden, zweifelte man um so minder an dem gewissen Untergange des schönen Fremden, den auch Bertalda ganz unverholen betrauerte, und sich selbst verwünschte, daß sie ihn zu dem unseligen Ritte nach dem Walde gelockt habe. Ihre herzoglichen Pflegeeltern waren gekommen, sie abzuholen, aber Bertalda bewog sie, mit ihr zu bleiben, bis man gewisse Nachricht von Huldbrand's Leben oder Tod einziehe. Sie suchte verschiedene junge Ritter, die emsig um sie warben, zu bewegen, daß sie dem edlen Abenteurer in den Forst nachziehen möchten. Aber ihre Hand mochte sie nicht zum Preise des Wagestücks ausstellen, weil sie vielleicht noch immer hoffte, dem Wiederkehrenden angehören zu können, und um Handschuh oder Band, oder auch selbst um einen Kuß, wollte Niemand sein Leben daran setzen, einen so gar gefährlichen Nebenbuhler zurück zu holen.

Nun, da Huldbrand unerwartet und plötzlich erschien, freuten sich Diener und Stadtbewohner, und überhaupt fast alle Leute, nur Bertalda eben nicht, denn wenn es den Andern auch ganz lieb war, daß er eine wunderschöne Frau mitbrachte, und den Pater Heilmann als Zeugen der Trauung, so konnte doch Bertalda nicht anders, als sich deshalb betrüben. Erstlich hatte sie den jungen Rittersmann wirklich von ganzer Seele lieb gewonnen, und dann war durch ihre Trauer über sein Wegbleiben den Augen der Menschen weit mehr davon kund geworden, als sich nun eben schicken wollte. Sie that deswegen aber doch immer als ein kluges Weib, fand sich in die Umstände, und lebte aufs allerfreundlichste mit Undinen, die man in der ganzen Stadt für eine Prinzessin hielt, welche Huldbrand im Walde von irgend einem bösen Zauber erlöst habe. Wenn man sie selbst oder ihren Eheherrn darüber befragte, wußten sie zu schweigen, oder geschickt auszuweichen, des Vater Heilmann Lippen waren für jedes eitele Geschwätz versiegelt, und ohnehin war er gleich nach Huldbrand's Ankunft wieder in sein Kloster zurück gegangen, so daß sich die Leute mit ihren seltsamen Muthmaßungen behelfen mußten, und auch selbst Bertalda nicht mehr als jeder Andere von der Wahrheit erfuhr.

Undine gewann übrigens dies anmuthige Mädchen mit jedem Tage lieber. „Wir müssen uns einander schon eher gekannt haben," pflegte sie ihr öfters zu sagen, „oder es muß sonst irgend eine wundersame Beziehung unter uns geben, denn so ganz ohne Ursache, versteht mich, ohne tiefe, geheime Ursache, gewinnt man ein Anderes nicht so lieb, als ich Euch gleich vom ersten Anblicke her gewann." Und auch Bertalda konnte sich nicht abläugnen, daß sie einen Zug der Vertraulichkeit und Liebe zu Undinen empfinde, wie sehr sie übrigens meinte, Ursache zu den bittersten Klagen über diese glückliche Nebenbuhlerin zu haben. In dieser gegenseitigen Neigung wußte die Eine bei ihren Pflegeeltern, die Andere bei ihrem Ehegatten den Tag der Abreise weiter und weiter hinaus zu schieben; ja, es war schon die Rede davon gewesen, Bertalda solle Undinen auf einige Zeit nach Burg Ringstetten an die Quellen der Donau begleiten.

Sie sprachen auch einmal eines schönen Abends davon, als sie eben bei Sternenschein auf dem mit hohen Bäumen eingefaßten Markte der Reichsstadt umher wandelten. Die beiden jungen Eheleute hatten Bertalda noch spät zu einem Spaziergang abgeholt, und alle Drei zogen vertraulich unter dem tiefblauen Himmel auf und ab, oftmals in ihren Gesprächen durch die Bewunderung unterbrochen, die sie dem kostbaren Springborn in der Mitte des Platzes, und seinem wundersamen Rauschen und Sprudeln zollen mußten. Es war ihnen so lieb und heimlich zu Sinn; zwischen die Baumschatten durch stahlen sich die Lichtschimmer der nahen Häuser, ein stilles Gesumse von spielenden Kindern und andern lustwandelnden Menschen wogte um sie her; man war so allein und doch so freundlich in der heiteren lebendigen Welt mitten inne; was bei Tage Schwierigkeit geschienen hatte, das ebnete sich nun wie von selber, und die drei Freunde konnten gar nicht mehr begreifen, warum wegen Bertalda's Mitreise auch nur die geringste Bedenklichkeit habe obwalten mögen. Da kam, als sie eben den Tag ihrer gemeinschaftlichen Abfahrt bestimmen wollten, ein langer Mann von der Mitte des Marktplatzes her auf sie zu gegangen, neigte sich ehrerbietig vor der Gesellschaft, und sagte der jungen Frau etwas in's Ohr. Sie trat, unzufrieden über die Störung und über den Störer, einige Schritte mit dem Fremden zur Seite, und Beide begannen mit einander zu flüstern; es schien in einer fremden Sprache. Huldbrand glaubte den seltsamen Mann zu kennen, und sah so starr auf ihn hin, daß er Bertalda's staunende Fragen weder hörte noch beantwortete. Mit einem Male klopfte Undine freudig in die Hände, und ließ den Fremden lachend stehen, der sich mit vielem Kopfschütteln und hastigen, unzufriedenen Schritten entfernte, und in den Brunnen hinein stieg. Nun glaubte Huldbrand seiner Sache ganz gewiß zu sein, Bertalda aber fragte: „Was wollte Dir denn der Brunnenmeister, liebe Undine?" Die junge Frau lachte heimlich in sich hinein, und erwiederte: „Uebermorgen, auf Deinen Namenstag, sollst Du's erfahren, Du liebliches Kind." Und weiter war nichts aus ihr heraus zu bringen. Sie lud nun Bertalda und durch sie ihre Pflegeeltern an dem bestimmten Tage zur Mittagstafel, und man ging bald darauf auseinander.

„Kühleborn?" fragte Huldbrand mit einem geheimen Schauder seine schöne Gattin, als sie von Bertalda Abschied genommen hatten, und nun allein durch die dunkler werdenden Gassen nach Haus gingen.—„Ja, er war es," antwortete Undine, „und er wollte mir auch allerhand dummes Zeug vorsprechen! Aber mitten darin hat er mich, ganz gegen seine Absicht, mit einer höchst willkommenen Botschaft erfreut. Willst Du diese nun gleich wissen, mein holder Herr und Gemahl, so brauchst Du nur zu gebieten, und ich spreche mir Alles vom Herzen los. Wolltest Du aber Deiner Undine eine recht, recht große Freude gönnen, so ließest Du es bis übermorgen, und hättest dann auch an der Ueberraschung Dein Theil."

Der Ritter gewährte seiner Gattin gern, warum sie so anmuthig bat, und noch im Entschlummern lispelte sie lächelnd vor sich hin: „Was sie sich freuen wird, und sich wundern über ihres Brunnenmeisters Botschaft, die liebe, liebe Bertalda!"

Elftes Kapitel.
Bertalda's Namensfeier.

Die Gesellschaft saß bei Tafel, Bertalda, mit Kleinodien und Blumen, den mannigfachen Geschenken ihrer Pflegeeltern und Freunde, geschmückt wie eine Frühlingsgöttin, oben an, zu ihrer Seiten Undine und Huldbrand. Als das reiche Mahl zu Ende ging, und man den Nachtisch auftrug, blieben die Thüren offen; nach alter guter Sitte in deutschen Landen, damit auch das Volk zusehen könne, und sich an der Lustigkeit

der Herrschaften mit freuen. Bediente trugen Wein und
Kuchen unter den Zuschauern herum. Huldbrand und Ber=
talda warteten mit heimlicher Ungeduld auf die versprochene
Erklärung, und verwandten, so sehr es sich thun ließ, kein Auge
von Undinen. Aber die schöne Frau blieb noch immer still,
und lächelte nur heimlich und innig vor sich hin. Wer um ihre
gethane Verheißung wußte, konnte sehen, daß sie ihr erquicken=
des Geheimniß alle Augenblicke verrathen wollte, und es doch
noch immer in lüsterner Entsagung zurück legte, wie es Kinder
bisweilen mit ihren liebsten Leckerbissen thun. Bertalda und
Huldbrand theilten dies wonnige Gefühl, in hoffender Bangig=
keit das neue Glück erwartend, welches von ihrer Freundin
Lippen auf sie hernieder thauen sollte. Da baten Verschiedene
von der Gesellschaft Undinen um ein Lied. Es schien ihr ge=
legen zu kommen, sie ließ sich sogleich ihre Laute bringen, und
sang folgende Worte:

"Morgen so hell,
Blumen so bunt,
Gräser so duftig und hoch
An wallenden See's Gestade!
Was zwischen den Gräsern
Schimmert so licht?
Ist's eine Blüthe, weiß und groß,
Vom Himmel gefallen in Wiesenschooß?
Ach, 's ist ein zartes Kind!—
Unbewußt mit Blumen tändelt's,
Faßt nach goldnen Morgenlichtern!—
O, woher! Woher, Du Holdes?—
Fern vom unbekannten Strande
Trug es hier der See heran;—
Nein, fasse nicht, Du zartes Leben,
Mit Deiner kleinen Hand herum;
Nicht Hand wird Dir zurück gegeben.
Die Blumen sind so fremd und stumm,
Die wissen wohl sich schön zu schmücken,
Zu duften auch nach Herzenslust,
Doch keine mag Dich an sich drücken,
Fern ist die traute Mutterbrust.
So früh noch an des Lebens Thoren,
Noch Himmelslächeln im Gesicht,
Hast Du das Beste schon verloren,

O armes Kind, und weißt es nicht.
Ein edler Herzog kommt geritten,
Und hemmt vor Dir des Rosses Lauf;
Zu hoher Kunst und reinen Sitten
Zieht er in seiner Burg Dich auf.
Du hast unendlich viel gewonnen,
Du blühst, die Schönst' im ganzen Land,
Doch ach, die allerbesten Wonnen
Ließ'st Du am unbekannten Strand."

Undine senkte mit einem wehmüthigen Lächeln ihre Laute; die Augen der herzoglichen Pflegeeltern Bertalda's standen voller Thränen. — „So war es am Morgen, als ich Dich fand, Du arme holde Waise," sagte der Herzog tiefbewegt; „die schöne Sängerin hat wohl recht; das Beste haben wir Dir dennoch nicht zu geben vermocht."—

„Wir müssen aber auch hören, wie es den armen Eltern ergangen ist," sagte Undine, schlug die Saiten, und sang:

„Mutter geht durch ihre Kammern,
Räumt die Schränke ein und aus,
Sucht, und weiß nicht was, mit Jammern,
Findet nichts, als leeres Haus.

Leeres Haus! O Wort der Klage,
Dem, der einst ein holdes Kind
Drin gegängelt hat am Tage,
Drin gewiegt in Nächten lind.

Wieder grünen wohl die Buchen,
Wieder kommt der Sonne Licht,
Aber, Mutter, laß Dein Suchen,
Wieder kommt Dein Liebes nicht.

Und wenn Abenddüfte fächeln,
Vater heim zum Heerde kehrt,
Regt sich's fast in ihm, wie Lächeln,
Dran doch gleich die Thräne zehrt.

Vater weiß, in seinen Zimmern
Findet er die Todesruh,
Hört nur bleicher Mutter Wimmern,
Und kein Kindlein lacht ihm zu."

„O, um Gott, Undine, wo sind meine Eltern?" rief die weinende Bertalda. „Du weißt es gewiß, Du hast es erfah=

ren, Du wundersame Frau, denn sonst hättest Du mir das Herz nicht so zerriſſen. Sind ſie vielleicht ſchon hier? Wär' es?"—Ihr Auge durchflog die glänzende Geſellſchaft, und weilte auf einer regierenden Herrin, die ihrem Pflegevater zunächſt ſaß. Da beugte ſich Undine nach der Thür zurück, ihre Augen floſſen in der ſüßeſten Rührung über. "Wo ſind denn die armen, harrenden Eltern?" fragte ſie; und der alte Fiſcher mit ſeiner Frau wankten aus dem Haufen der Zuſchauer vor. Ihre Augen hingen fragend bald an Undinen, bald an dem ſchönen Fräulein, das ihre Tochter ſein ſollte. "Sie iſt es!" ſtammelte die entzückte Geberin, und die zwei alten Leute hingen laut weinend und Gott preiſend an dem Halſe der Wiedergefundenen.

Aber entſetzt und zürnend riß ſich Bertalda aus ihrer Umarmung los. Es war zu viel für dieſes ſtolze Gemüth, eine ſolche Wiedererkennung, in dem Augenblicke, wo ſie feſt gemeint hatte, ihren bisherigen Glanz noch zu ſteigern, und die Hoffnung Thronhimmel und Kronen über ihr Haupt herunter regnen ließ. Es kam ihr vor, als habe ihre Nebenbuhlerin dies Alles erſonnen, um ſie nur recht ausgeſucht vor Huldbranden und aller Welt zu demüthigen. Sie ſchalt Undinen, ſie ſchalt die beiden Alten; die häßlichen Worte: "Betrügerin und erkauftes Volk!" riſſen ſich von ihren Lippen. Da ſagte die alte Fiſcherfrau nur ganz leiſe vor ſich hin: "Ach Gott, ſie iſt ein böſes Weibsbild geworden; und dennoch fühl ich's im Herzen, daß ſie von mir geboren iſt." Der alte Fiſcher aber hatte ſeine Hände gefaltet, und betete ſtill, daß die hier ſeine Tochter nicht ſein möge.—Undine wankte todtenbleich von den Eltern zu Bertalda, von Bertalda zu den Eltern, plötzlich aus all den Himmeln, die ſie ſich geträumt hatte, in eine Angſt und ein Entſetzen geſtürzt, daß ihr bisher auch nicht im Traume kund geworden war. "Haſt Du denn eine Seele? Haſt Du denn wirklich eine Seele, Bertalda?" ſchrie ſie einige Male in ihre zürnende Freundin hinein, als wolle ſie ſie aus einem plötzlichen Wahnſinn oder einem toll machenden Nachtgeſichte gewaltſam zur Beſinnung bringen. Als aber Bertalda nur immer noch ungestümer wüthete, als die verstoßenen Eltern laut zu heulen anfingen, und die Gesellschaft sich streitend und eifernd in verschiedene Parteien theilte, erbat sie sich mit einem Male so würdig und ernst die Freiheit, in den Zimmern ihres Mannes zu reden, daß Alles um sie her, wie auf einen Wink, stille ward. Sie trat darauf an das obere Ende des Tisches, wo Bertalda gesessen hatte, demüthig und stolz, und sprach, während sich aller Augen unverwandt auf sie richteten, folgendergestalt:

„Ihr Leute, die Ihr so feindlich ausseht und so zerstört, und mir mein liebes Fest so grimm zerreißt, ach Gott, ich wußte von Euren thörichten Sitten und Eurer harten Sinnesweise nichts, und werde mich wohl mein Lebelang nicht drein finden. Daß ich Alles verkehrt angefangen habe, liegt nicht an mir; glaubt nur, es liegt einzig an Euch, so wenig es Euch auch darnach aussehen mag. Ich habe Euch auch deshalb nur wenig zu sagen, aber das Eine muß gesagt sein: ich habe nicht gelogen. Beweise kann und will ich Euch außer meiner Versicherung nicht geben, aber beschwören will ich es. Mir hat es derselbe gesagt, der Bertalda von ihren Eltern weg in's Wasser lockte, und sie nachher dem Herzog in seinen Weg auf die grüne Wiese legte."

„Sie ist eine Zauberin," rief Bertalda, „eine Hexe, die mit bösen Geistern Umgang hat! Sie bekennt es ja selbst."

„Das thue ich nicht," sagte Undine, einen ganzen Himmel der Unschuld und Zuversicht in ihren Augen. „Ich bin auch keine Hexe; seht mich nur darauf an."

„So lügt sie und prahlt," fiel Bertalda ein, „und kann nicht behaupten, daß ich dieser niedern Leute Kind sei. Meine herzoglichen Eltern, ich bitte Euch, führt mich aus dieser Gesellschaft fort, und aus dieser Stadt, wo man nur darauf ausgeht, mich zu schmähen."

Der alte, ehrsame Herzog aber blieb fest stehen, und seine Gemahlin sagte: „Wir müssen durchaus wissen, woran wir sind. Gott sei vor, daß ich eher nur einen Fuß aus diesem Saale setze." Da näherte sich die alte Fischerin, beugte sich tief vor der Herzogin und sagte: „Ihr schließt mir das Herz auf, hohe, gottesfürchtige Frau. Ich muß Euch sagen, wenn dieses böse Fräulein meine Tochter ist, trägt sie ein Maal, gleich einem Veilchen, zwischen beiden Schultern, und ein gleiches auf dem Spann ihres linken Fußes. Wenn sie sich nur mit mir aus dem Saal entfernen wollte."—„Ich entblöße mich nicht vor der Bäuerin," sagte Bertalda, ihr stolz den Rücken wendend.—„Aber vor mir doch wohl," entgegnete die Herzogin mit großem Ernst. „Ihr werdet mir in jenes Gemach folgen, Jungfrau, und die gute Alte kommt mit." Die Drei verschwanden, und alle Uebrigen blieben in großer Erwartung schweigend zurück. Nach einer kleinen Weile kamen die Frauen zurück, Bertalda todtenbleich, und die Herzogin sagte: „Recht muß Recht bleiben; deshalb erklär' ich, daß unsre Frau Wirthin vollkommen wahr gesprochen hat. Bertalda ist des Fischers Tochter, und so viel ist, was man hier zu wissen braucht." Das fürstliche Ehepaar ging mit der Pflegetochter fort; auf einen Wink des Herzogs folgte ihnen der Fischer mit seiner Frau. Die andern Gäste entfernten sich schweigend oder heimlich murmelnd, und Undine sank herzlich weinend in Huldbrand's Arme.

Zwölftes Kapitel.
Wie sie aus der Reichsstadt abreisten.

Dem Herrn von Ringstetten wär' es freilich lieber gewesen, wenn sich Alles an diesem Tage anders gefügt hätte; aber auch so, wie es nun einmal war, konnte es ihm nicht unlieb sein, da sich seine reizende Frau so fromm und gutmüthig und herzlich bewies.—„Wenn ich ihr eine Seele gegeben habe," mußt' er bei sich selber sagen, „gab ich ihr wohl eine bessere, als meine eigne ist;" und nun dachte er einzig darauf, die Weinende zufrieden zu sprechen, und gleich des andern Tages einen Ort mit ihr zu verlassen, der ihr seit diesem Vorfalle zuwider sein mußte. Zwar ist es an dem, daß man sie eben nicht ungleich beurtheilte. Weil man schon früher etwas Wunderbares von ihr erwartete, fiel die seltsame Entdeckung von Bertalda's Herkommen nicht allzu sehr auf, und nur gegen diese war Jedermann, der die Geschichte und ihr stürmisches Betragen dabei erfuhr, übel gesinnt. Davon wußten aber der Ritter und seine Frau noch nichts; außerdem wäre Eins für Undinen so schmerzhaft gewesen, als das Andere, und so hatte man nichts Besseres zu thun, als die Mauern der alten Stadt baldmöglichst hinter sich zu lassen.

Mit den ersten Strahlen des Morgens hielt ein zierlicher Wagen für Undinen vor dem Thore der Herberge; Huldbrand's und seiner Knappen Hengste stampften daneben das Pflaster. Der Ritter führte seine schöne Frau aus der Thür, da trat ihnen ein Fischermädchen in den Weg. „Wir brauchen Deine Waare nicht," sagte Huldbrand zu ihr, „wir reisen eben fort." Da fing das Fischermädchen bitterlich an zu weinen, und nun erst sahen die Eheleute, daß es Bertalda war. Sie traten gleich mit ihr in das Gemach zurück, und erfuhren von ihr, der Herzog und die Herzogin seien so erzürnt über ihre gestrige Härte und Heftigkeit, daß sie die Hand gänzlich von ihr abgezogen hätten, nicht ohne ihr jedoch vorher eine reiche Aussteuer zu schenken. Der Fischer sei gleichfalls wohl begabt worden, und habe noch gestern Abends mit seiner Frau wieder den Weg nach der Seespitze eingeschlagen.

„Ich wollte mit ihnen gehen," fuhr sie fort; „aber der alte Fischer, der mein Vater sein soll—"

„Er ist es auch wahrhaftig, Bertalda," unterbrach sie Undine. „Sieh nur, der, welchen Du für den Brunnenmeister ansahst, erzählte mir's ausführlich. Er wollte mich bereden, daß ich Dich nicht mit nach Burg Ringstetten nehmen sollte, und da fuhr ihm dieses Geheimniß heraus."

„Nun denn," sagte Bertalda, „mein Vater,—wenn es denn so sein soll,—mein Vater sprach: ich nehme Dich nicht mit, bis Du anders worden bist. Wage Dich allein durch den verrufenen Wald zu uns hinaus; das soll die Probe sein, ob Du Dir etwas aus uns machst. Aber komm mir nicht, wie ein Fräulein; wie eine Fischerdirne komm;—da will ich denn thun, wie er gesagt hat, denn von aller Welt bin ich verlassen, und will als ein armes Fischerkind bei den ärmlichen Eltern einsam leben und sterben. Vor dem Wald graut es mir freilich sehr. Es sollen abscheuliche Gespenster drinnen hausen, und ich bin so furchtsam. Aber was hilft's?—Hierher kam ich nur noch, um bei der edlen Frau von Ringstetten Verzeihung dafür zu erflehen, daß ich mich gestern so ungebührlich erzeigte. Ich fühle wohl, Ihr habt es gut gemeint, holde Dame, aber Ihr wußtet nicht, wie Ihr mich verletzen würdet, und da strömte mir denn in der Angst und Ueberraschung gar manch unsinnig verwegnes Wort über die Lippen. Ach verzeiht, verzeiht! Ich bin ja so unglücklich schon. Denkt nur selbsten, was ich noch gestern in der Frühe war, noch gestern zu Anfang Eures Festes, und was nun heut!"—

Die Worte gingen ihr unter in einem schmerzlichen Thränenstrom, und gleichfalls bitterlich weinend fiel ihr Undine um den Hals. Es dauerte lange, bis die tief gerührte Frau ein Wort hervorbringen konnte; dann aber sagte sie: „Du sollst ja mit uns nach Ringstetten; es soll ja Alles bleiben, wie es früher abgeredet war; nur nenne mich wieder Du, und nicht mehr Dame und edle Frau. Sieh', wir wurden als Kinder mit einander vertauscht; da schon verzweigte sich unser Geschick, und wir wollen es fürder so innig verzweigen, daß es keine menschliche Gewalt zu trennen im Stande sein soll. Nur erst mit uns nach Ringstetten. Wie wir als Schwestern mit einander theilen wollen, besprechen wir dort." Bertalda sah scheu nach Huldbrand empor. Ihn jammerte des schönen, bedrängten Mägdleins; er bot ihr die Hand, und redete ihr kosend zu, sich ihm und seiner Gattin anzuvertrauen. „Euren Eltern," sagte er, „schicken wir Botschaft, warum Ihr nicht gekommen seid;"—und noch Manches wollte er wegen der guten Fischersleute hinzusetzen, aber er sah, wie Bertalda bei deren Erwähnung schmerzhaft zusammen fuhr, und ließ also lieber das Reden davon sein. Aber unter den Arm faßte er sie, hob sie zuerst in den Wagen, Undinen ihr nach, und trabte fröhlich beiher, trieb auch den Fuhrmann so wacker an, daß sie das

Gebiet der Reichsstadt und mit ihm alle trüben Erinnerungen in kurzer Zeit. überflogen hatten, und nun die Frauen mit besserer Lust durch die schönen Gegenden hinrollten, welche ihr Weg sie entlängst führte.

Nach einigen Tagereisen kamen sie eines schönen Abends auf Burg Ringstetten an. Dem jungen Rittersmann hatten seine Vögte und Mannen viel zu berichten, so daß Undine mit Bertalden allein blieb. Die Beiden ergingen sich auf dem hohen Wall der Veste, und freuten sich an der anmuthigen Landschaft, die sich ringsum durch das gesegnete Schwaben ausbreitete. Da trat ein langer Mann zu ihnen, der sie höflich grüßte, und der Bertalden beinah vorkam, wie jener Brunnenmeister in der Reichsstadt. Noch unverkennbarer ward ihr diese Aehnlichkeit, als Undine ihm unwillig, ja drohend, zurückwinkte, und er sich mit eiligen Schritten und schüttelndem Kopfe fortmachte, wie damals, worauf er in einem nahen Gebüsche verschwand. Undine aber sagte: „Fürchte Dich nicht, liebes Bertaldchen; dies Mal soll Dir der häßliche Brunnenmeister nichts zu Leide thun." Und damit erzählte sie ihr die ganze Geschichte ausführlich, und auch wer sie selbst sei, und wie Bertalda von den Fischersleuten weg, Undine aber dahin gekommen war. Die Jungfrau entsetzte sich anfänglich vor diesen Reden; sie glaubte, ihre Freundin sei von einem schnellen Wahnsinn befallen. Aber mehr und mehr überzeugte sie sich, daß Alles wahr sei, an Undine's zusammenhängenden Worten, die zu den bisherigen Begebenheiten so gut paßten, und noch mehr an dem innern Gefühl, mit welchem sich die Wahrheit uns kund zu geben nie ermangelt. Es war ihr seltsam, daß sie nun selbst wie mitten in einem von den Mährchen lebe, die sie sonst nur erzählen gehört. Sie starrte Undinen mit Ehrfurcht an, konnte sich aber eines Schauders, der zwischen sie und ihre Freundin trat, nicht mehr erwehren, und mußte sich beim Abendbrod sehr darüber wundern, wie der Ritter gegen ein Wesen so verliebt und freundlich that, welches ihr seit den letzten Entdeckungen mehr gespenstisch als menschlich vorkam.

Dreizehntes Kapitel.
Wie sie auf Burg Ringstetten lebten.

Der diese Geschichte aufschreibt, weil sie ihm das Herz bewegt und weil er wünscht, daß sie auch Andern ein Gleiches thun möge, bittet Dich, lieber Leser, um eine Gunst. Sieh' es ihm nach, wenn er jetzt über einen ziemlich langen Zeitraum mit kurzen Worten hingeht und Dir nur im Allgemeinen sagt, was sich darin begeben hat. Er weiß wohl, daß man es recht kunstgemäß und Schritt vor Schritt entwickeln könnte, wie Huldbrand's Gemüth begann, sich von Undinen ab- und Bertalden zuzuwenden, wie Bertalda dem jungen Mann mit glühender Liebe immer mehr entgegen kam, und er und sie die arme Ehefrau als ein fremdartiges Wesen mehr zu fürchten, als zu bemitleiden schienen, wie Undine weinte und ihre Thränen Gewissensbisse in des Ritters Herzen anregten, ohne jedoch die alte Liebe zu erwecken, so daß er ihr wohl bisweilen freundlich that, aber ein kalter Schauer ihn bald von ihr weg und dem Menschenkinde Bertalda entgegen trieb;—man könnte dies Alles, weiß der Schreiber, ordentlich ausführen, vielleicht sollte man's auch. Aber das Herz thut ihm dabei allzu weh, denn er hat ähnliche Dinge erlebt und scheut sich in der Erinnerung auch noch vor ihrem Schatten. Du kennst wahrscheinlich ein ähnliches Gefühl, lieber Leser, denn so ist nun einmal der sterblichen Menschen Geschick. Wohl Dir, wenn Du dabei mehr empfangen als ausgetheilt hast, denn hier ist Nehmen seliger, als Geben. Dann schleicht Dir nur ein geliebter Schmerz bei solchen Erwähnungen durch die Seele und vielleicht eine linde Thräne die Wange herab, um Deine verwelkten Blumenbeete, deren Du Dich so herzlich gefreut hattest. Damit sei es aber auch genug; wir wollen uns nicht mit tausendfach vereinzelten Stichen das Herz durchprickeln, sondern nur kurz dabei bleiben, daß es nun einmal so gekommen war, wie ich es vorhin sagte. Die arme Undine war sehr betrübt, die andern Beiden waren auch nicht eben vergnügt; sonderlich meinte Bertalda bei der geringsten Abweichung von dem, was sie wünschte, den eifersüchtigen Druck der beleidigten Hausfrau zu spüren. Sie hatte sich deshalb ordentlich ein herrisches Wesen angewöhnt, dem Undine in wehmüthiger Entsagung nachgab und das durch den verblendeten Huldbrand gewöhnlich auf's Entschiedenste unterstützt ward. Was die Burggesellschaft noch mehr verstörte, waren allerhand wunderliche Spukereien, die Huldbranden und Bertalden in den gewölbten Gängen des Schlosses begegneten und von denen vorher seit Menschengedenken nichts gehört worden war. Der lange, weiße Mann, in welchem Huldbrand den Oheim Kühleborn; Bertalda den gespenstischen Brunnenmeister nur allzu wohl erkannte, trat oftmals drohend vor Beide, vorzüglich aber vor Bertalden hin, so daß diese schon einige Mal vor Schrecken krank darnieder gelegen hatte und manchmal daran dachte, die Burg zu verlassen. Theils aber war ihr Huldbrand allzu lieb und sie stützte sich dabei auf ihre Unschuld, weil es nie zu einer eigentlichen Erklärung unter ihnen gekommen war; theils auch wußte sie nicht, wohin sie sonst ihre Schritte richten solle. Der alte Fischer hatte auf des Herrn von Ringstetten Botschaft, daß Bertalda bei ihm sei, mit einigen schwer zu lesenden Federzügen, so wie sie ihm Alter und lange Gewöhnung verstatteten, geantwortet: „Ich bin nun ein armer, alter Wittwer worden, denn meine liebe, treue Frau ist mir gestorben. Wie sehr ich aber auch allein in der Hütte sitzen mag, Bertalda ist mir lieber dort, als bei mir. Nur daß sie meiner lieben Undine nichts zu Leide thue! Sonst hätte sie meinen Fluch." Die letzteren Worte schlug Bertalda in den Wind, aber das wegen des Wegbleibens von dem Vater behielt sie gut, sowie wir Menschen in ähnlichen Fällen es immer zu machen pflegen.

Eines Tages war Huldbrand eben ausgeritten, als Undine das Hausgesinde versammelte, einen großen Stein herbei bringen hieß und den prächtigen Brunnen, der sich in der Mitte des Schloßhofes befand, sorgfältig damit zu bedecken befahl. Die Leute wandten ein, sie würden alsdann das Wasser weit unten aus dem Thale herauf zu holen haben. Undine lächelte wehmüthig. „Es thut mir leid um Eure vermehrte Arbeit, liebe Kinder," entgegnete sie; „ich möchte lieber selbst die Wasserkrüge herauf holen, aber dieser Brunnen muß nun einmal zu. Glaubt es mir auf's Wort, daß es nicht anders angeht und daß wir nur dadurch ein größeres Unheil zu vermeiden im Stande sind." Die ganze Dienerschaft freute sich, ihrer sanften Hausfrau gefällig sein zu können; man fragte nicht weiter, sondern ergriff den ungeheuern Stein. Dieser hob sich unter ihren Händen und schwebte bereits über dem Brunnen, da kam Bertalda gelaufen und rief, „man solle inne halten; aus diesem Brunnen lasse sie das Waschwasser holen, welches ihrer Haut so vortheilhaft sei und sie werde nimmermehr zugeben, daß man ihn verschließe." Undine aber blieb dies Mal, obgleich auf gewohnte Weise sanft, dennoch auf ungewohnte Weise bei ihrer Meinung fest; sie sagte, als Hausfrau gebühre ihr, alle Anordnungen der Wirthschaft nach bester Ueberzeugung einzurichten und Niemandem habe sie darüber Rechenschaft abzulegen, als ihrem Ehegemahl und Herrn. „Seht, o seht doch," rief Bertalda unwillig und ängstlich, „das arme, schöne Wasser kräuselt sich und windet sich, weil es vor der klaren Sonne versteckt werden soll und vor dem erfreulichen Anblick der Menschengesichter, zu deren Spiegel es erschaffen ist!" In der That zischte und regte sich die Fluth im Borne ganz wunderlich; es war, als wollte sich etwas daraus hervorringen, aber Undine drang nur um so ernstlicher auf die Erfüllung ihrer Befehle. Es brauchte dieses Ernstes kaum. Das Schloßgesinde war eben so froh, seiner milden Herrin zu gehorchen, als Bertalda's Trotz zu brechen, und so ungeberdig diese auch schelten und drohen mochte, lag dennoch in kurzer Zeit der Stein über der Oeffnung des Brunnens fest. Undine lehnte sich sinnend darüber hin und schrieb mit den schönen Fingern auf der Fläche. Sie mußte aber wohl etwas sehr Scharfes und Aetzendes dabei in der Hand gehabt haben, denn als sie sich abwandte und die Andern näher hinzu traten, nahmen sie allerhand seltsame Zeichen auf dem Steine wahr, die Keiner vorher an demselben gesehen haben wollte.

Den heimkehrenden Ritter empfing am Abend Bertalda mit

Thränen und Klagen über Undine's Verfahren. Er warf ernste Blicke auf diese und die arme Frau sah betrübt vor sich nieder. Doch sagte sie mit großer Fassung: „Mein Herr und Ehegemahl schilt ja keinen Leibeigenen, bevor er ihn hört, wie minder dann sein angetrautes Weib."—„Sprich, was Dich zu jener seltsamen That bewog," sagte der Ritter mit finsterem Antlitz.—„Ganz allein möcht' ich es Dir sagen!" seufzte Undine.—„Du kannst es eben so gut in Bertalda's Gegenwart," entgegnete er.—„Ja, wenn Du es gebeutst," sagte Undine; „aber gebeut es nicht. O bitte, bitte, gebeut es nicht." Sie sah so demüthig, hold und gehorsam aus, daß des Ritters Herz sich einem Sonnenblick aus besseren Zeiten erschloß. Er faßte sie freundlich unter den Arm und führte sie in sein Gemach, wo sie folgendermaßen zu sprechen begann:

„Du kennst ja den bösen Oheim Kühleborn, mein geliebter Herr, und bist ihm öfters unwillig in den Gängen dieser Burg begegnet. Bertalden hat er gar bisweilen zum Krankwerden erschreckt. Das macht, er ist seelenlos, ein bloßer, elementarischer Spiegel der Außenwelt, der das Innere nicht wieder zu strahlen vermag. Da sieht er denn bisweilen, daß Du unzufrieden mit mir bist, daß ich in meinem kindischen Sinne darüber weine, daß Bertalda vielleicht eben in derselben Stunde zufällig lacht. Nun bildet er sich allerhand Ungleiches ein, und mischt sich auf vielfache Weise ungebeten in unseren Kreis. Was hilft's, daß ich ihn ausschelte? Daß ich ihn unfreundlich wegschicke? Er glaubt mir nicht ein Wort. Sein armes Leben hat keine Ahnung davon, wie Liebesleiden und Liebesfreuden einander so anmuthig gleich sehen, und so innig verschwistert, daß keine Gewalt sie zu trennen vermag. Unter der Thräne quillt das Lächeln vor, das Lächeln lockt die Thräne aus ihren Kammern."

Sie sah lächelnd und weinend nach Huldbrand in die Höhe, der allen Zauber der alten Liebe wieder in seinem Herzen empfand. Sie fühlte das, drückte ihn inniger an sich, und fuhr unter freudigen Thränen also fort:

„Da sich der Friedenstörer nicht mit Worten weisen ließ,

mußte ich wohl die Thüre vor ihm zusperren. Und die einzige Thür, die er nun zu uns hat, ist jener Brunnen. Mit den anderen Quellgeistern hier in der Gegend ist er entzweit, von den nächsten Thälern an, und erst weiterhin auf der Donau, wenn einige seiner guten Freunde hineingeströmt sind, fängt sein Reich wieder an. Darum ließ ich den Stein über des Brunnens Oeffnung wälzen, und schrieb Zeichen darauf, die alle Kraft des eifernden Oheims lähmen, so daß er nun weder Dir, noch mir, noch Bertalden, in den Weg kommen soll. Menschen freilich können trotz der Zeichen mit ganz gewöhnlichem Bemühen den Stein wieder abheben; die hindert es nicht. Willst Du also, so thue nach Bertalda's Begehr, aber wahrhaftig, sie weiß nicht, was sie bittet. Auf sie hat es der ungezogene Kühleborn ganz vorzüglich abgesehen, und wenn Manches käme, was er mir prophezeien wollte, und was doch wohl geschehen könnte, ohne daß Du es übel meintest,—ach Lieber, so wärest ja auch Du nicht außer Gefahr!"

Huldbrand fühlte tief im Herzen die Großmuth seiner holden Frau, wie sie ihren furchtbaren Beschützer so emsig aussperrte, und noch dazu von Bertalden darüber gescholten worden war. Er drückte sie daher auf das Liebreichste in seine Arme, und sagte gerührt: „Der Stein bleibt liegen, und Alles bleibt und soll immer bleiben, wie Du es haben willst, mein holdes Undinchen." Sie schmeichelte ihm demüthig froh über die lang' entbehrten Worte der Liebe, und sagte endlich: „Mein allerliebster Freund, da Du heute so überaus mild und gütig bist, dürft' ich es wohl wagen, Dir eine Bitte vorzutragen? Sieh nur, es ist mit Dir, wie mit dem Sommer. Eben in seiner besten Herrlichkeit setzt sich der flammende und donnernde Kronen von schönen Gewittern auf, darin er als ein rechter König und Erdengott anzusehen ist. So schiltst Du auch bisweilen, und wetterleuchtest mit Zung' und Augen, und das steht Dir sehr gut, wenn ich auch bisweilen in meiner Thorheit darüber zu weinen anfange. Aber thue das nie gegen mich auf einem Wasser, oder wo wir nur einem Gewässer nahe sind. Siehe, dann bekämen die Verwandten ein Recht über

mich. Unerbittlich würden sie mich von Dir reißen in ihrem
Grimm, weil sie meinten, daß eine ihres Geschlechtes beleidigt
sei, und ich müßte lebenslang drunten in den Kryſtallpaläſten
wohnen, und dürfte nie wieder zu Dir herauf, o Gott, dann
wär' es noch unendlich schlimmer. Nein, nein, Du süßer
Freund, dahin laſſe es nicht kommen, so lieb Dir die arme Un=
dine iſt."

Er verhieß feierlich, zu thun, wie sie begehre, und die beiden
Eheleute traten unendlich froh und liebevoll wieder aus dem
Gemach. Da kam Bertalda mit einigen Werkleuten, die sie
unterdeß schon hatte bescheiden laſſen, und sagte mit einer mür=
riſchen Art, die sie sich zeither angenommen hatte: „Nun iſt
doch wohl das geheime Gespräch zu Ende, und der Stein kann
herab. Geht nur hin, Ihr Leute, und richtet es aus." Der
Ritter aber, ihre Unart empört fühlend, sagte in kurzen und
sehr ernſtlichen Worten, „der Stein bleibt liegen;" auch ver=
wies er Bertalden ihre Heftigkeit gegen seine Frau, worauf
die Werkleute mit heimlich vergnügtem Lächeln fortgingen, Ber=
talda aber von der andern Seite erbleichend nach ihren Zim=
mern eilte.

Die Stunde des Abendessens kam heran und Bertalda ließ
sich vergeblich erwarten. Man schickte nach ihr; da fand der
Kämmerling ihre Gemächer leer und brachte nur ein versiegel=
tes Blatt, an den Ritter überschrieben, mit zurück. Dieser
öffnete es bestürzt und las:

„Ich fühle mit Beschämung, wie ich nur eine arme Fischers=
dirne bin. Daß ich es auf Augenblicke vergaß, will ich in der
ärmlichen Hütte meiner Eltern büßen. Lebt wohl mit Eurer
schönen Frau!"

Undine war von Herzen betrübt. Sie bat Huldbranden in=
brünſtig, der entflohenen Freundin nachzueilen und sie wieder
mit zurück zu bringen. Ach, sie hatte nicht nöthig, zu treiben!
Seine Neigung für Bertalden brach wieder heftig hervor. Er
eilte im ganzen Schloß umher, fragend, ob Niemand gesehen
habe, welches Weges die schöne Flüchtige gegangen sei. Er
konnte nichts erfahren und saß schon im Burghofe zu Pferde,

entschlossen, auf's Gerathewohl dem Wege nachzureiten, den er Bertalden hierher geführt hatte. Da kam ein Schildbub und versicherte, er sei dem Fräulein auf dem Pfade nach dem Schwarzthale begegnet. Wie ein Pfeil sprengte der Ritter durch das Thor, der angewiesenen Richtung nach, ohne Undine's ängstliche Stimme zu hören, die ihm aus dem Fenster nachrief: „Nach dem Schwarzthal? O dahin nicht, Huldbrand, dahin nicht! Oder um Gotteswillen, nimm mich mit!" Als sie aber all' ihr Rufen vergeblich sah, ließ sie eilig ihren weißen Zelter satteln und trabte dem Ritter nach, ohne irgend eines Dieners Begleitung annehmen zu wollen.

Vierzehntes Kapitel.
Wie Bertalda mit dem Ritter heimfuhr.

Das Schwarzthal liegt tief in die Berge hinein. Wie es jetzo heißt, kann man nicht wissen. Damals nannten es die Landleute so wegen der tiefen Dunkelheit, welche von hohen Bäumen, worunter es vorzüglich viele Tannen gab, in die Niederung herunter gestreuet ward. Selbst der Bach, der zwischen den Klippen hinstrudelte, sah davon ganz schwarz aus, und gar nicht so fröhlich, wie es Gewässer wohl zu thun pflegen, die den blauen Himmel unmittelbar über sich haben. Nun, in der hereinbrechenden Dämmerung, war es vollends sehr wild und finster zwischen den Höhen geworden. Der Ritter trabte ängstlich die Bachesufer entlängst; er fürchtete bald, durch Verzögerung die Flüchtige zu weit voraus zu lassen, bald wieder, in der großen Eile sie irgendwo, dafern sie sich vor ihm verstecken wolle, zu übersehen. Er war indeß schon ziemlich tief in das Thal hinein gekommen und konnte nun denken, das Mägdlein bald eingeholt zu haben, wenn er anders auf der rechten Spur war. Die Ahnung, daß er das auch wohl nicht sein könne, trieb sein Herz zu immer ängstlicheren Schlägen. Wo sollte die zarte Bertalda bleiben, wenn er sie nicht fand, in der drohenden Wetternacht, die sich immer furchtbarer über das Thal herein bog? Da sah er endlich etwas Weißes am

Hange des Berges durch die Zweige schimmern. Er glaubte Bertalda's Gewand zu erkennen und machte sich hinzu. Sein Roß aber wollte nicht hinan; es bäumte sich so ungestüm und er wollte so wenig Zeit verlieren, daß er—zumal da ihm wohl ohnehin zu Pferde das Gesträuch allzu hinderlich geworden wäre—absaß und den schnaubenden Hengst an eine Rüster band, worauf er sich dann vorsichtig durch die Büsche hin arbeitete. Die Zweige schlugen ihm unfreundlich Stirn und Wangen mit der kalten Nässe des Abendthau's, ein ferner Donner murmelte jenseit der Berge hin, es sah Alles so seltsam aus, daß er anfing, eine Scheu vor der weißen Gestalt zu empfinden, die nun schon unfern von ihm am Boden lag. Doch konnte er ganz deutlich unterscheiden, daß es ein schlafendes oder ohnmächtiges Frauenzimmer in langen, weißen Gewändern war, wie sie Bertalda heute getragen hatte. Er trat dicht vor sie hin, rauschte an den Zweigen, klirrte an seinem Schwerdte, —sie regte sich nicht. „Bertalda!" sprach er, erst leise, dann immer lauter,—sie hörte nicht. Als er zuletzt den theuren Namen mit gewaltsamer Anstrengung rief, hallte ein dumpfes Echo aus den Berghöhlen des Thales lallend zurück: „Bertalda!"—aber die Schläferin blieb unerweckt. Er beugte sich zu ihr nieder; die Dunkelheit des Thales und der einbrechenden Nacht ließen keinen ihrer Gesichtszüge unterscheiden. Als er sich nun eben mit einigem gramvollen Zweifel ganz nahe zu ihr an den Boden gedrückt hatte, fuhr ein Blitz schnell erleuchtend über das Thal hin. Er sah ein abscheulich verzerrtes Antlitz dicht vor sich, das mit dumpfer Stimme rief: „Gieb mir 'nen Kuß, Du verliebter Schäfer." Vor Entsetzen schreiend, fuhr Huldbrand in die Höhe, die häßliche Gestalt ihm nach.—„Zu Haus!" murmelte sie, „die Unholde sind wach. Zu Haus! Sonst hab' ich Dich!"—Und es griff nach ihm mit langen, weißen Armen.—„Tückischer Kühleborn," rief der Ritter, sich ermannend, „was gilt's, Du bist es, Du Kobold! Da hast Du 'nen Kuß!"—Und wüthend hieb er mit dem Schwerdte gegen die Gestalt. Aber die zerstob, und ein durch=

nässender Wasserguß ließ dem Ritter keinen Zweifel darüber, mit welchem Feinde er gestritten habe.

„Er will mich zurückschrecken von Bertalden," sagte er laut zu sich selbst; „er denkt, ich soll mich vor seinen albernen Spukereien fürchten und ihm das arme, geängstete Mädchen hingeben, damit er sie seine Rache könne fühlen lassen. Das soll er doch nicht, der schwächliche Elementargeist. Was eine Menschenbrust vermag, wenn sie so recht will, so recht aus ihrem besten Leben will, das versteht der ohnmächtige Gaukler nicht."—Er fühlte die Wahrheit seiner Worte und daß er sich selbst dadurch einen ganz erneuten Muth in das Herz gesprochen habe. Auch schien es, als trete das Glück mit ihm in Bund, denn noch war er nicht wieder bei seinem angebundenen Rosse, da hörte er schon ganz deutlich Bertalda's klagende Stimme, wie sie unfern von ihm durch das immer lauter werdende Geräusch des Donners und Sturmwindes hinüber weinte. Beflügelten Fußes eilt er dem Schalle nach und fand die erbebende Jungfrau, wie sie eben die Höhe hinan zu klimmen versuchte, um sich auf alle Weise aus dem schaurigen Dunkel dieses Thales zu retten. Er aber trat ihr liebkosend in den Weg, und so kühn und stolz auch früher ihr Entschluß mochte gewesen sein, empfand sie doch jetzt nur allzu lebendig das Glück, daß ihr im Herzen geliebter Freund sie aus der furchtbaren Einsamkeit erlöse und das helle Leben in der befreundeten Burg so anmuthige Arme nach ihr ausstrecke. Sie folgte fast ohne Widerspruch, aber so ermattet, daß der Ritter froh war, sie bis zu seinem Rosse geleitet zu haben, welches er nun eilig losknüpfte, um die schöne Wanderin hinauf zu heben und es alsdann am Zügel sich durch die ungewissen Schatten der Thalgegend vorsichtig nachzuleiten.

Aber das Pferd war ganz verwildert durch Kühleborns tolle Erscheinung. Selbst der Ritter würde Mühe gebraucht haben, auf des bäumenden, wildschnaubenden Thieres Rücken zu springen; die zitternde Bertalda hinauf zu heben, war eine volle Unmöglichkeit. Man beschloß also, zu Fuße heim zu kehren. Das Roß am Zügel nachzerrend, unterstützte der Ritter mit der andern Hand das schwankende Mägdlein. Bertalda machte sich so stark, als möglich, um den furchtbaren Thalgrund schnell zu durchwandeln; aber wie Blei zog die Müdigkeit sie herab und zugleich bebten ihr alle Glieder zusammen, theils noch von mancher überstandenen Angst, womit Kühleborn sie vorwärts gehetzt hatte, theils auch in der fortdauernden Bangigkeit vor dem Geheul des Sturmes und Donners durch die Waldung des Gebirges.

Endlich entglitt sie dem stützenden Arm ihres Führers, und auf das Moos hingesunken, sagte sie: „Laßt mich nur hier liegen, edler Herr. Ich büße meiner Thorheit Schuld, und muß man doch auf alle Weise hier verkommen vor Mattigkeit und Angst." — „Nimmermehr, holde Freundin, verlaß ich Euch!" rief Huldbrand, vergeblich bemüht, den brausenden Hengst an seiner Hand zu bändigen, der ärger, als vorhin, zu tosen und zu schäumen begann; der Ritter war endlich nur froh, daß er ihn von der hingesunkenen Jungfrau fern genug hielt, um sie nicht durch die Furcht vor ihm noch mehr zu erschrecken. Wie er sich aber mit dem tollen Pferde nur kaum einige Schritte entfernte, begann sie auch gleich, ihm auf das Allerjämmerlichste nachzurufen, des Glaubens, er wolle sie wirklich hier in der entsetzlichen Wildniß verlassen. Er wußte gar nicht mehr, was er beginnen sollte. Gern hätte er dem wüthenden Thiere volle Freiheit gegeben, durch die Nacht hinzustürmen, und seine Raserei auszutoben, hätte er nur nicht fürchten müssen, es würde in diesem engen Paß mit seinen beerzten Hufen eben über diese Stelle hindonnern, wo Bertalda lag.

Während dieser großen Noth und Verlegenheit war es ihm unendlich trostreich, daß er einen Wagen langsam den steinigen Weg hinter sich herabfahren hörte. Er rief um Beistand; eine männliche Stimme antwortete, verwies ihn zur Geduld, aber versprach, zu helfen, und bald darauf leuchteten schon zwei Schimmel durch das Gebüsch, der weiße Kärrnerkittel ihres Führers neben her, worauf sich denn auch die große weiße Leinwand sehen ließ, mit welcher die Waaren, die er bei sich führen mochte, überdeckt waren. Auf ein lautes Brr! aus dem Munde ihres Herrn standen die gehorsamen Schimmel. Er kam gegen den Ritter heran, und half ihm das schäumende Thier bändigen.—„Ich merke wohl," sagte er dabei, „was der Bestie fehlt. Als ich zuerst durch diese Gegend zog, ging es meinen Pferden nicht besser. Das macht, hier wohnt ein böser Wassernix, der an solchen Neckereien Lust hat. Aber ich hab' ein Sprüchlein gelernt; wenn Ihr mir vergönnen wolltet, dem Rosse das in's Ohr zu sagen, so sollt' es gleich so ruhig stehen, wie meine Schimmel da."—„Versucht Euer Heil, und helft nur bald!"—schrie der ungeduldige Ritter. Da bog der Fuhr= mann den Kopf des bäumenden Pferdes zu sich herunter, und sagte ihm einige Worte in's Ohr. Augenblicklich stand der Hengst gezähmt und friedlich still, und nur ein erhitztes Keuchen und Dampfen zeugte noch von der vorherigen Unbändigkeit. Es war nicht viel Zeit für Huldbranden, lange zu fragen, wie dies zugegangen sei. Er ward mit dem Kärrner einig, daß er Bertalden auf den Wagen nehmen solle, wo, seiner Aussage nach, die weichste Baumwolle in Ballen lag, und so möge er sie bis nach Burg Ringstetten führen; der Ritter wolle den Zug zu Pferde begleiten. Aber das Roß schien in seinem vorigen Toben zu erschöpft, um noch seinen Herrn so weit zu tragen, weßhalb diesem der Kärrner zuredete, mit Bertalden in den Wagen zu steigen. Das Pferd könne man ja hinten anbinden.—„Es geht bergunter," sagte er, „und da wird's meinen Schimmeln leicht."—Der Ritter nahm dies Erbieten an; er bestieg mit Bertalden den Wagen, der Hengst folgte ge= duldig nach, und rüstig und achtsam schritt der Fuhrmann beiher.

In der Stille der tiefer dunkelnden Nacht, aus der das Ge= witter immer ferner und schweigsamer abdonnerte, in dem be= haglichen Gefühl der Sicherheit und des bequemen Fortkom= mens, entspann sich zwischen Huldbrand und Bertalda ein trauliches Gespräch. Mit schmeichelnden Worten schalt er sie um ihr trotziges Flüchten; mit Demuth und Rührung entschul= digte sie sich, und aus Allem, was sie sprach, leuchtete es her= vor, gleich einer Lampe, die dem Geliebten zwischen Nacht und Geheimniß kund gibt, die Geliebte harre noch sein. Der Ritter fühlte den Sinn dieser Reden weit mehr, als daß er auf die Bedeutung der Worte Acht gegeben hätte, und antwortete auch einzig auf jenen. Da rief der Fuhrmann plötzlich mit kreischender Stimme: „Hoch, ihr Schimmel! Hoch den Fuß! Nehmt euch zusammen, Schimmel! Denkt hübsch, was ihr seid!" — Der Ritter beugte sich aus dem Wagen, und sah, wie die Pferde mitten im schäumenden Wasser dahin schritten, oder fast schon schwammen, des Wagens Räder wie Mühlenräder blinkten und rauschten, der Kärrner vor der wachsenden Fluth auf das Fuhrwerk gestiegen war. — „Was soll das für ein Weg sein? Der geht ja mitten in den Strom?" rief Huldbrand seinem Führer zu. „Nein, Herr," lachte dieser zurück, „es ist grad umgekehrt. Der Strom geht mitten in unsern Weg. Seht Euch nur um, wie Alles übergetreten ist."

In der That wogte und rauschte der ganze Thalgrund von plötzlich empörten, sichtbar steigenden Wellen. „Das ist der Kühleborn, der böse Wassernix, der uns ersäufen will!" rief der Ritter. „Weißt Du kein Sprüchlein wider ihn, Gesell?" — „Ich wüßte wohl Eins," sagte der Fuhrmann, „aber ich kann und mag es nicht eher brauchen, als bis Ihr wißt, wer ich bin." — „Ist es hier Zeit zu Räthseln?" schrie der Ritter. „Die Fluth steigt immer höher, und was geht es mich an, zu wissen, wer Du bist?" — „Es geht Euch aber doch was an," sagte der Fuhrmann, „denn ich bin Kühleborn." Damit lachte er, verzerrten Antlitzes, zum Wagen herein; aber der Wagen blieb nicht Wagen mehr, die Schimmel nicht Schimmel; Alles verschäumte, verrann in zischenden Wogen, und selbst der Fuhrmann bäumte sich als eine riesige Welle empor, riß den vergeblich arbeitenden Hengst unter die Gewässer hinab, und wuchs dann wieder, und wuchs über den Häuptern des schwimmenden Paares, wie zu einem feuchten Thurme an, und wollte sie eben rettungslos begraben. —

Da scholl Undine's anmuthige Stimme durch das Getöse hin, der Mond trat aus den Wolken und mit ihm ward Undine auf den Höhen des Thalgrundes sichtbar. Sie schalt, sie drohte in die Fluthen hinab, die drohende Thurmeswoge verschwand murrend und murmelnd, leise rannen die Wasser im Mondglanze dahin, und wie eine weiße Taube sah man Undinen von der Höhe hinab tauchen, den Ritter und Bertalden erfassen, und mit sich nach einem frischen, grünen Rasenfleck auf der Höhe emporheben, wo sie mit ausgesuchten Labungen Ohnmacht und Schrecken vertrieb; dann half sie Bertalden zu dem weißen Zelter, der sie selbst hergetragen hatte, hinaufheben, und so gelangten alle Drei nach Burg Ringstetten zurück.

Fünfzehntes Kapitel.
Die Reise nach Wien.

Es lebte sich seit der letzten Begebenheit still und ruhig auf dem Schloß. Der Ritter erkannte mehr und mehr seiner Frauen himmlische Güte, die sich durch ihr Nacheilen und Retten im Schwarzthale, wo Kühleborn's Gewalt wieder anging, so herrlich offenbart hatte; Undine selbst empfand den Frieden und die Sicherheit, deren ein Gemüth nie ermangelt, so lange es mit Besonnenheit fühlt, daß es auf dem rechten Wege sei, und zudem gingen ihr in der neu erwachenden Liebe und Achtung ihres Ehemannes vielfache Schimmer der Hoffnung und Freude auf. Bertalda hingegen zeigte sich dankbar, demüthig und scheu, ohne daß sie wieder diese Aeußerungen als etwas Verdienstliches angeschlagen hätte. So oft ihr Eines der Eheleute über die Verdeckung des Brunnens, oder über die Abenteuer im Schwarzwalde, irgend etwas Erklärendes sagen wollte, bat sie inbrünstig, man möge sie damit verschonen, weil sie wegen des Brunnens allzu viele Beschämung, und wegen des Schwarzthales allzu viele Schrecken empfinde. Sie erfuhr daher auch von Beiden weiter nichts; und wozu schien es auch nöthig zu sein? Der Friede und die Freude hatten ja ihren sichtbaren Wohnsitz in Burg Ringstetten genommen. Man ward darüber ganz sicher, und meinte, nun könne das Leben gar nichts mehr tragen, als anmuthige Blumen und Früchte.

In so erlabenden Verhältnissen war der Winter gekommen und vorüber gegangen, und der Frühling sah mit seinen hell-

grünen Sprossen und seinem lichtblauen Himmel zu den fröh=
lichen Menschen herein. Ihm war zu Muth, wie ihnen, und
ihnen, wie ihm. Was Wunder, daß seine Störche und Schwal=
ben auch in ihnen die Reiselust anregten! Während sie einmal
nach den Donauquellen hinab lustwandelten, erzählte Huld=
brand von der Herrlichkeit des edlen Stromes, und wie er
wachsend durch gesegnete Länder fließe, wie das köstliche Wien
an seinen Ufern emporglänze, und er überhaupt mit jedem
Schritte seiner Fahrt an Macht und Lieblichkeit gewinne.—
„Es müßte herrlich sein, ihn so bis Wien einmal hinab zu
fahren!" brach Bertalda aus, aber gleich darauf in ihre jetzige
Demuth und Bescheidenheit zurück gesunken, schwieg sie er=
röthend still. Eben dies rührte Undinen sehr, und im leb=
haftesten Wunsch, der lieben Freundin eine Lust zu machen,
sagte sie: „Wer hindert uns denn, die Reise anzutreten?"—
Bertalda hüpfte vor Freuden in die Höhe, und die beiden
Frauen begannen sogleich, sich die anmuthige Donaufahrt mit
den allerhellsten Farben vor die Sinne zu rufen. Auch Huld=
brand stimmte fröhlich darin überein; nur sagte er einmal be=
sorgt Undinen in's Ohr: „Aber weiterhin ist Kühleborn wieder
gewaltig?"—„Laß ihn nur kommen," entgegnete sie lachend,
„ich bin ja dabei, und vor mir wagt er sich mit keinem Unheil
hervor." Damit war das letzte Hinderniß gehoben, man
rüstete sich zur Fahrt, und trat sie alsbald mit frischem Muth
und den heitersten Hoffnungen an.

Wundert Euch aber nur nicht, Ihr Menschen, wenn es dann
immer ganz anders kommt, als man gemeint hat. Die tücki=
sche Macht, die lauert, uns zu verderben, singt ihr auserkornes
Opfer gern mit süßen Liedern und goldenen Märchen in den
Schlaf. Dagegen pocht der rettende Himmelsbote oftmals
scharf und erschreckend an unsere Thür.

Sie waren die ersten Tage ihrer Donaufahrt hindurch außer=
ordentlich vergnügt gewesen. Es ward auch Alles immer
besser und schöner, so wie sie den stolzen, fluthenden Strom
weiter hinunter schifften. Aber in einer sonst höchst anmuthi=
gen Gegend, von deren erfreulichem Anblick sie sich die beste

Freude versprochen hatten, fing der unbändige Kühleborn ganz unverholen an, seine hier eingreifende Macht zu zeigen. Es blieben zwar blos Neckereien, weil Undine oftmals in die empörten Wellen oder in die hemmenden Winde hinein schalt und sich dann die Gewalt des Feindseligen augenblicklich in Demuth ergab; aber wieder kamen die Angriffe und wieder brauchte es der Mahnung Undine's, so daß die Lustigkeit der kleinen Reisegesellschaft eine gänzliche Störung erlitt. Dabei zischelten sich noch immer die Fährleute zagend in die Ohren und sahen mißtrauisch auf die drei Herrschaften, deren Diener selbsten mehr und mehr etwas Unheimliches zu ahnen begannen und ihre Gebieter mit seltsamen Blicken verfolgten. Huldbrand sagte öfters bei sich im stillen Gemüthe: „Das kommt davon, wenn Gleich sich nicht zu Gleich gesellt, wenn Mensch und Meerfräulein ein wunderliches Bündniß schließen." Sich entschuldigend, wie wir es denn überhaupt lieben, dachte er freilich oftmals dabei: „Ich hab' es ja nicht gewußt, daß sie ein Meerfräulein war. Mein ist das Unheil, das jeden meiner Schritte durch der tollen Verwandtschaft Grillen bannt und stört, aber mein ist nicht die Schuld." Durch solcherlei Gedanken fühlte er sich einigermaßen gestärkt, aber dagegen ward er immer verdrießlicher, ja feindseliger wider Undinen gestimmt. Er sah sie schon mit mürrischen Blicken an und die arme Frau verstand deren Bedeutung wohl. Dadurch und durch die beständige Anstrengung wider Kühleborn's Listen erschöpft, sank sie gegen Abend, von der sanft gleitenden Barke angenehm gewiegt, in einen tiefen Schlaf.

Kaum aber, daß sie die Augen geschlossen hatte, so wähnte Jedermann im Schiffe, nach der Seite, wo er gerade hinaus sah, ein ganz abscheuliches Menschenhaupt zu erblicken, das sich aus den Wellen empor hob, nicht wie das eines Schwimmenden, sondern ganz senkrecht, wie auf den Wasserspiegel gerade eingepfählt, aber mitschwimmend, so wie die Barke schwamm. Jeder wollte dem Andern zeigen, was ihn erschreckte, und Jeder fand zwar auf des Andern Gesicht das gleiche Entsetzen, Hand und Auge aber nach einer andern Richtung hinzeigend, als wo ihm selbst das halb lachende, halb dräuende Scheusal vor Augen stand. Wie sie sich nun aber einander darüber verständigen wollten und Alles rief: „Sieh dorthin, nein dorthin!" da wurden Jedwedem die Gräuelbilder Aller sichtbar, und die ganze Fluth um das Schiff her wimmelte von den entsetzlichsten Gestalten. Von dem Geschrei, das sich darüber erhob, erwachte Undine. Vor ihren aufgehenden Augenlichtern verschwand der mißgeschaffenen Gesichter tolle Schaar. Aber Huldbrand war empört über so viele häßliche Gaukeleien. Er wäre in wilde Verwünschungen ausgebrochen, nur daß Undine mit den demüthigsten Blicken und ganz leise bittend, sagte: „Um Gott, mein Eheherr, wir sind auf den Fluthen, zürne jetzt nicht auf mich." Der Ritter schwieg, setzte sich und versank in ein tiefes Nachdenken. Undine sagte ihm in's Ohr: „Wär' es nicht besser, mein Liebling, wir ließen die thörichte Reise und kehrten nach Burg Ringstetten in Frieden zurück?" Aber Huldbrand murmelte feindselig: „Also ein Gefangener soll ich sein auf meiner eigenen Burg? Und athmen nur können, so lange der Brunnen zu ist? So wollt' ich, daß die tolle Verwandschaft—" Da drückte Undine schmeichelnd ihre schöne Hand auf seine Lippen. Er schwieg auch und hielt sich still, so Manches, was ihm Undine früher gesagt hatte, erwägend.

Indessen hatte Bertalda sich allerhand seltsam umschweifenden Gedanken überlassen. Sie wußte Vieles von Undine's Herkommen und doch nicht Alles, und vorzüglich war ihr der furchtbare Kühleborn ein schreckliches, aber noch immer ganz dunkles Räthsel geblieben, so daß sie nicht einmal seinen Namen je vernommen hatte. Ueber alle diese wunderlichen Dinge nachsinnend, knüpfte sie, ohne sich dessen recht bewußt zu werden, ein goldenes Halsband los, welches ihr Huldbrand auf einer der letzten Tagereisen von einem herumziehenden Handelsmann gekauft hatte und ließ es dicht über der Oberfläche des Flusses spielen, sich halb träumend an dem lichten Schimmer ergötzend, den es in die abendhellen Gewässer warf. Da griff plötzlich eine große Hand aus der Donau herauf, erfaßte das Halsband und fuhr damit unter die Fluthen. Bertalda schrie laut auf und ein höhnisches Gelächter schallte aus den Tiefen des Stroms drein. Nun hielt sich des Ritters Zorn nicht länger. Aufspringend schalt er in die Gewässer hinein, verwünschte Alle, die sich in seine Verwandtschaft und sein Leben drängen wollten, und forderte sie auf, Nix oder Sirene, sich vor sein blankes Schwerdt zu stellen. Bertalda weinte indeß um den verlorenen, ihr so innig lieben Schmuck und goß mit ihren Thränen Oel in des Ritters Zorn, während Undine ihre Hand über den Schiffesbord in die Wellen getaucht hielt, in einem fort sacht vor sich hin murmelnd und nur manchmal ihr seltsam heimliches Geflüster unterbrechend, indem sie bittend zu ihrem Eheherrn sprach: „Mein Herzlichlieber, hier schilt mich nicht, schilt Alles, was Du willst, aber hier mich nicht. Du weißt ja!" Und wirklich enthielt sich seine vor Zorn stammelnde Zunge noch jedes Wortes unmittelbar wider sie. Da brachte sie mit der feuchten Hand, die sie unter den Wogen gehalten hatte, ein wunderschönes Korallenhalsband hervor, so herrlich blitzend, daß Allen davon die Augen fast geblendet wurden. „Nimm hin," sagte sie, es Bertalden freundlich hinhaltend, „das hab' ich Dir zum Ersatz bringen lassen, und sei nicht weiter betrübt, Du armes Kind." Aber der Ritter sprang dazwischen. Er riß den schönen Schmuck Undinen aus der Hand, schleuderte ihn wieder in den Fluß und schrie wuthentbrannt: „So hast Du denn immer Verbindung mit ihnen? Bleib' bei ihnen in aller Hexen Namen mit all' Deinen Geschenken und laß uns Menschen zufrieden, Gauklerin Du!" Starren, aber thränenströmenden Blickes sah ihn die arme Undine an, noch immer die Hand ausgestreckt, mit welcher sie Bertalden ihr hübsches Geschenk so freundlich hatte hinreichen wollen. Dann fing sie immer herzlicher an zu weinen, wie ein recht unverschuldet und recht bitterlich gekränktes liebes Kind. Endlich sagte sie ganz matt: „Ach holder Freund, ach, lebe wohl! Sie sollen Dir nichts thun; nur bleibe treu, daß ich sie Dir abwehren kann. Ach, aber fort muß ich, muß fort

auf diese ganze junge Lebenszeit. O weh, o weh, was hast
Du angerichtet! O weh, o weh!"

Und über den Rand der Barke schwand sie hinaus; stieg sie
hinüber in die Fluth, verströmte sie darin, man wußt' es nicht,
es war wie Beides und wie Keins. Bald aber war sie in die
Donau ganz verronnen; nur flüsterten noch kleine Wellchen
schluchzend um den Kahn und fast vernehmlich war's, als
sprächen sie: „O weh, o weh! Ach bleibe treu! O weh!"

Huldbrand aber lag in heißen Thränen auf dem Verdecke
des Schiffes und eine tiefe Ohnmacht hüllte den Unglücklichen
bald in ihre mildernden Schleier ein.

Sechzehntes Kapitel.
Von Huldbrand's fürderm Ergehen.

Soll man sagen, leider! oder zum Glück! daß es mit unse=
rer Trauer keinen rechten Bestand hat? Ich meine, mit unse=
rer so recht tiefen und aus dem Borne des Lebens schöpfenden
Trauer, die mit dem verlorenen Geliebten so Eines wird, daß
er ihr nicht mehr verloren ist und sie ein geweihtes Priester=
thum an seinem Bilde durch das ganze Leben durchführen will,
bis die Schranke, die ihm gefallen ist, auch uns zerfällt! Frei=
lich bleiben wohl gute Menschen wirklich solche Priester, aber
es ist doch nicht die erste, rechte Trauer mehr. Andere, fremd=
artige Bilder haben sich dazwischen gedrängt, wir erfahren end=
lich die Vergänglichkeit aller irdischen Dinge sogar an unserm
Schmerz und so muß ich denn sagen: „Leider, daß es mit unse=
rer Trauer keinen rechten Bestand hat."

Der Herr von Ringstetten erfuhr das auch: ob zu seinem
Heile, werden wir im Verfolg dieser Geschichte hören. An=
fänglich konnte er nichts, als immer recht bitterlich weinen, wie
die arme, freundliche Undine geweint hatte, als er ihr den blan=
ken Schmuck aus der Hand riß, mit dem sie Alles so schön und
gut machen wollte. Und dann streckte er die Hand aus, wie sie
es gethan hatte und weinte immer wieder von Neuem, wie sie.
Er hegte die heimliche Hoffnung, endlich auch ganz in Thränen

zu verrinnen und ist nicht selbst Manchem von uns Andern in großem Leide der ähnliche Gedanken mit schmerzender Lust durch den Sinn gezogen? Bertalda weinte mit, und sie lebten lange ganz still bei einander auf Burg Ringstetten, Undine's Andenken feiernd und der ehemaligen Neigung fast gänzlich vergessen habend. Dafür kam auch um diese Zeit oftmals die gute Undine zu Huldbrand's Träumen; sie streichelte ihn sanft und freundlich, und ging dann stillweinend wieder fort, so daß er im Erwachen oftmals nicht recht wußte, wovon seine Wangen so naß waren: kam es von ihren oder blos von seinen Thränen?

Die Traumgesichte wurden aber mit der Zeit seltener, der Gram des Ritters matter und dennoch hätte er vielleicht nie in seinem Leben einen andern Wunsch gehegt, als so stille fort Undine's zu gedenken und von ihr zu sprechen, wäre nicht der alte Fischer unvermuthet auf dem Schloß erschienen und hätte Bertalden nun alles Ernstes als sein Kind zurück geheischt. Undine's Verschwinden war ihm kund geworden und er wollte es nicht länger zugeben, daß Bertalba bei dem unverehlichten Herrn auf der Burg verweile. „Denn, ob meine Tochter mich lieb hat oder nicht," sprach er, „will ich jetzt gar nicht wissen, aber die Ehrbarkeit ist im Spiel und wo die spricht, hat nichts Anderes mehr mit zu reden."

Diese Gesinnung des alten Fischers und die Einsamkeit, die den Ritter aus allen Sälen und Gängen der verödeten Burg schauerlich nach Bertalda's Abreise zu erfassen drohte, brachten zum Ausbruch, was früher entschlummert und in dem Gram über Undinen ganz vergessen war: die Neigung Huldbrand's für die schöne Bertalda. Der Fischer hatte Vieles gegen die vorgeschlagene Heirath einzuwenden. Undine war dem alten Manne sehr lieb gewesen und er meinte, man wisse ja noch kaum, ob die liebe Verschwundene recht eigentlich todt sei. Liege aber ihr Leichnam wirklich starr und kalt auf dem Grunde der Donau, oder treibe mit den Fluthen in's Weltmeer hinaus, so habe Bertalda an ihrem Tode mit Schuld und nicht gezieme es ihr, an den Platz der armen Verdrängten zu treten. Aber auch den Ritter hatte der Fischer sehr lieb; die Bitten der Tochter, die um Vieles sanfter und ergebener geworden war, wie auch ihre Thränen um Undinen, kamen dazu, und er mußte wohl endlich seine Einwilligung gegeben haben, denn er blieb ohne Widerrede auf der Burg und ein Eilbote ward abgesandt, den Pater Heilmann, der in frühern glücklichen Tagen Undinen und Huldbranden eingesegnet hatte, zur zweiten Trauung des Ritters nach dem Schlosse zu holen.

Der fromme Mann aber hatte kaum den Brief des Herrn von Ringstetten durchlesen, so machte er sich in noch viel größerer Eile nach dem Schlosse auf den Weg, als der Bote von dorten zu ihm gekommen war. Wenn ihm auf dem schnellen Gange der Athem fehlte, oder die alten Glieder schmerzten vor Müdigkeit, pflegte er zu sich selber zu sagen: „Vielleicht ist noch Unrecht zu hindern; sinke nicht eher als am Ziele, du verdorrter Leib!"—Und mit erneuerter Kraft riß er sich alsdann auf, und wallte und wallte, ohne Rast und Ruh, bis er eines Abends spät in den belaubten Hof der Burg Ringstetten eintrat.

Die Brautleute saßen Arm in Arm unter den Bäumen, der alte Fischer nachdenklich neben ihnen. Kaum nun, daß sie den Pater Heilmann erkannten, so sprangen sie auf, und drängten sich bewillkommend um ihn her. Aber er, ohne viele Worte zu machen, wollte den Bräutigam mit sich in die Burg ziehen; als indessen dieser staunte, und zögerte, den ernsten Winken zu gehorchen, sagte der fromme Geistliche: „Was halte ich mich denn lange dabei auf, Euch in Geheim sprechen zu wollen, Herr von Ringstetten? Was ich zu sagen habe, geht Bertalden und den Fischer eben so gut mit an, und was einer doch irgend einmal hören muß, mag er lieber gleich so bald hören, als es nur möglich ist. Seid Ihr denn gar so gewiß, Ritter Huldbrand, daß Eure erste Gattin wirklich gestorben ist? Mir kommt es kaum so vor. Ich will zwar weiter nichts darüber sprechen, welch' eine wundersame Bewandtniß es mit ihr gehabt haben mag, weiß auch davon nichts Gewisses. Aber ein frommes, vielgetreues Weib war sie, so viel ist außer allem

Zweifel. Und seit vierzehn Nächten hat sie in Träumen an meinem Bette gestanden, ängstlich die zarten Händlein ringend, und in einem fort seufzend: Ach hindr' ihn, lieber Vater! Ich lebe noch! Ach, rett' ihm den Leib, rett' ihm die Seele!—Ich verstand nicht, was das Nachtgesicht haben wollte; da kam Euer Bote, und nun eilt' ich hieher, nicht zu trauen, wohl aber zu trennen, was nicht zusammen gehören darf. Laß von ihr, Huldbrand! Laß von ihm, Bertalda! Er gehört noch einer Andern, und siehst Du nicht den Gram um die verschwundene Gattin auf seinen bleichen Wangen? So sieht kein Bräutigam aus, und der Geist sagt es mir: Ob Du ihn auch nicht lässest, doch nimmer wirst Du seiner froh."

Die Drei empfanden im innersten Herzen, daß der Pater Heilmann die Wahrheit sprach, aber sie wollten es nun einmal nicht glauben. Selbst der alte Fischer war nun bereits so bethört, daß er meinte, anders könne es gar nicht kommen, als sie es in diesen Tagen ja schon oft mit einander besprochen hätten. Daher stritten sie denn Alle mit einer wilden, trüben Hast gegen des Geistlichen Warnungen, bis dieser sich endlich kopfschüttelnd und traurig aus der Burg entfernte, ohne die dargebotene Herberge auch nur für diese Nacht annehmen zu wollen, oder irgend eine der herbei geholten Labungen zu genießen. Huldbrand aber überredete sich, der Geistliche sei ein Grillenfänger, und sandte mit Tagesanbruch nach einem Pater aus dem nächsten Kloster, der auch ohne Weigerung verhieß, die Einsegnung in wenigen Tagen zu vollziehen.

Siebenzehntes Kapitel.
Des Ritters Traum.

Es war zwischen Morgendämmerung und Nacht, da lag der Ritter halb wachend halb schlafend auf seinem Lager. Wenn er vollends einschlummern wollte, war es, als stände ihm ein Schrecken entgegen, und scheuchte ihn zurück, weil es Gespenster gäbe im Schlaf. Dachte er aber sich alles Ernstes zu ermuntern, so wehte es um ihn her, wie mit Schwanenfittigen, und

mit schmeichelndem Wogenklang, davon er allemal wieder in
den zweifelhaften Zustand angenehm bethört zurück taumelte.
Endlich aber mochte er doch wohl ganz entschlafen sein, denn es
kam ihm vor, als ergreife ihn das Schwanengesäusel auf or=
dentlichen Fittigen, und trage ihn weit fort über Land und See,
und singe immer auf's Anmuthigste dazu. „Schwanenklang!
Schwanengesang!" mußte er immerfort zu sich selbst sagen;
„das bedeutet ja wohl den Tod?" Aber es hatte vermuthlich
noch eine andere Bedeutung. Ihm ward nämlich auf einmal,
als schwebe er über dem Mittelländischen Meer. Und wäh=
rend er in die Fluthen hinuntersah, wurden sie zu lauterem
Kryjstalle, daß er hineinschauen konnte bis auf den Grund. Er
freute sich sehr darüber, denn er konnte Undinen sehen, wie sie
unter den hellen Kryjstallgewölben saß. Freilich weinte sie sehr
und sah viel betrübter aus, als in den glücklichen Zeiten, die
sie auf Burg Ringstetten mit einander verlebt hatten, vorzüg=
lich zu Anfang, und auch nachher, kurz ehe sie die unselige To=
naufahrt begannen. Der Ritter mußte an alle das sehr aus=
führlich und innig denken, aber es schien nicht, als werde Un=
dine seiner gewahr. Indessen war Kühleborn zu ihr getreten,
und wollte sie über ihr Weinen ausschelten. Da nahm sie sich
zusammen: und sah ihn vornehm und gebietend an, daß er fast
davor erschrak. „Wenn ich hier auch unter den Wassern
wohne," sagte sie, „so hab' ich doch meine Seele mit herunter
gebracht. Und darum darf ich wohl weinen, wenn Du auch gar
nicht errathen kannst, was solche Thränen sind. Auch die sind
selig, wie Alles selig ist, dem, in welchem eine treue Seele lebt."
Er schüttelte ungläubig mit dem Kopfe, und sagte nach einigem
Besinnen: „Und doch, Nichte, seid Ihr unseren Elementar=Ge=
setzen unterworfen, und doch müßt Ihr ihn richtend um's Le=
ben bringen, dafern er sich wieder verehelicht und Euch untreu
wird."—„Er ist noch bis diese Stunde ein Wittwer," sagte
Undine, „und hat mich aus traurigem Herzen lieb."—„Zugleich
ist er aber auch ein Bräutigam," lachte Kühleborn höhnisch,
„und laßt nur erst ein Paar Tage hingehen, dann ist die prie=
sterliche Einsegnung erfolgt, und dann müßt Ihr doch zu des

Zweiweibrigen Tode hinauf."—„Ich kann ja nicht," lächelte
Undine zurück. „Ich habe ja den Brunnen versiegelt, für mich
und meines Gleichen fest."—„Aber wenn er von seiner Burg
geht," sagte Kühleborn, „oder wenn er einmal den Brunnen
wieder öffnen läßt! Denn er denkt gewiß blutwenig an alle
diese Dinge."—„Eben deshalb," sprach Undine, und lächelte
noch immer unter ihren Thränen, „eben deshalb schwebt er
jetzt im Geiste über dem M..…meer, und träumt zur War=
nung dies unser Gespräch. Ich hab' es wohlbedächtig so ein=
gerichtet." Da sah Kühleborn ingrimmig zu dem Ritter hin=
auf, dräuete, stampfte mit den Füßen, und schoß gleich da=
rauf pfeilschnell unter den Wellen fort. Es war, als schwelle
er vor Bosheit zu einem Wallfisch auf. Die Schwäne be=
gannen wieder zu tönen, zu fächeln, zu fliegen; dem Ritter
war es, als schwebe er über Alpen und Ströme hin, schwebe
endlich zur Burg Ringstetten herein, und erwache auf seinem
Lager.

Wirklich erwachte er auf seinem Lager, und eben trat sein
Knappe herein und berichtete ihm, der Pater Heilmann weile
noch immer hier in der Gegend; er habe ihn gestern zu Nacht
im Forste getroffen, unter einer Hütte, die er sich von Baum=
ästen zusammengebogen habe, und mit Moos und Reisig be=
legt. Auf die Frage, was er denn hier mache? denn einseg=
nen wolle er ja doch nicht! sei die Antwort gewesen: „Es gibt
noch andere Einsegnungen, als die am Traualtar, und bin ich
nicht zur Hochzeit gekommen, so kann es ja doch zu einer an=
dern Feier gewesen sein. Man muß Alles abwarten. Zudem
ist ja Trauen und Trauern gar nicht so weit auseinander, und
wer sich nicht muthwillig verblendet, sieht es wohl ein."

Der Ritter machte sich allerhand wunderliche Gedanken über
diese Worte und über seinen Traum. Aber es hält sehr schwer,
ein Ding zu hintertreiben, was sich der Mensch einmal als ge=
wiß in den Kopf gesetzt hat, und so blieb denn auch Alles beim
Alten.

Achtzehntes Kapitel.

Wie der Ritter Huldbrand Hochzeit hielt.

Wenn ich Euch erzählen sollte, wie es bei der Hochzeitfeier auf Burg Ringstetten zuging, so würde Euch zu Muthe werden, als sähet Ihr eine Menge von blanken und erfreulichen Dingen aufgehäuft, aber drüber hin einen schwarzen Trauerflor gebreitet, aus dessen verdunkelnder H... hervor die ganze Herrlichkeit minder einer Lust gliche, als einem Spott über die Nichtigkeit aller irdischen Freuden. Es war nicht etwa, daß irgend gespenstisches Unwesen die festliche Geselligkeit verstört hätte, denn wir wissen ja, daß die Burg vor den Spukereien der dräuenden Wassgeister eine gefreite Stätte war. Aber es war dem Ritter und dem Fischer und allen Gästen zu Muth, als fehle noch die Hauptperson bei dem Feste, und als müsse diese Hauptperson die allgeliebte freundliche Undine sein. So oft eine Thür aufging, starrten Aller Augen unwillkührlich dahin, und wenn es dann weiter nichts war, als der Hausmeister mit neuen Schüsseln, oder der Schenk mit einem Trunk noch edlern Weins, blickte man wieder trüb vor sich hin, und die Funken, die etwa hin und her von Scherz und Freude aufgeblitzt waren, erloschen in dem Thau wehmüthigen Erinnerns. Die Braut war von Allen die Leichtsinnigste, und daher auch die Vergnügteste; aber selbst ihr kam es bisweilen wunderlich vor, daß sie in dem grünen Kranze und den goldgestickten Kleidern an der Oberstelle der Tafel sitze, während Undine als Leichnam starr und kalt auf dem Grunde der Donau liege, oder mit den Fluthen forttreibe in's Weltmeer hinaus. Denn, seit ihr Vater ähnliche Worte gesprochen hatte, klangen sie ihr immer vor den Ohren, und wollten vorzüglich heute weder wanken noch weichen.

Die Gesellschaft verlor sich bei kaum eingebrochener Nacht: nicht aufgelös't durch des Bräutigams hoffende Ungeduld, wie sonsten Hochzeitversammlungen, sondern nur ganz trüb und schwer auseinander gedrückt, durch freudlose Schwermuth und Unheil kündende Ahnungen. Bertalda ging mit ihren Frauen, der Ritter mit seinen Dienern, sich auszukleiden; von dem scherzend fröhlichen Geleit der Jungfrauen und Junggesellen bei Braut und Bräutigam war an diesem trüben Feste die Rede nicht.

Bertalda wollte sich aufheitern; sie ließ einen prächtigen Schmuck, den Huldbrand ihr geschenkt hatte, sammt reichen Gewanden und Schleiern vor sich ausbreiten, ihren morgenden Anzug auf's Schönste und Heiterste daraus zu wählen. Ihre Dienerinnen freuten sich des Anlasses, Vieles und Fröhliches der jungen Herrin vorzusprechen, wobei sie nicht ermangelten, die Schönheit der Neuvermählten mit den lebhaftesten Worten zu preisen. Man vertiefte sich mehr und mehr in diese Betrachtungen, bis endlich Bertalda, in einen Spiegel blickend, seufzte: „Ach, aber seht Ihr wohl die werdenden Sommersprossen hier seitwärts am Halse?" Sie sahen hin, und fanden es freilich, wie es die schöne Herrin gesagt hatte, aber ein liebliches Maal nannten sie's, einen kleinen Flecken, der die Weiße der zarten Haut noch erhöhe. Bertalda schüttelte den Kopf, und meinte, ein Makel bleib' es doch immer. „Und ich könnt' es los sein," seufzte sie endlich. „Aber der Schloßbrunnen ist zu, aus dem ich sonst immer das köstlichste, hautreinigende Wasser schöpfen ließ. Wenn ich doch heut nur eine Flasche davon hätte!—„Ist es nur das?" lachte die behende Dienerin, und schlüpfte aus dem Gemach. „Sie wird doch nicht so toll sein," fragte Bertalda wohlgefällig erstaunt, „noch heut Abend den Brunnenstein abwälzen zu lassen? Da hörte man bereits, daß Männer über den Hof gingen, und konnte aus dem Fenster sehen, wie die gefällige Dienerin sie gerade auf den Brunnen los führte, und sie Hebebäume und anderes Werkzeug auf den Schultern trugen. „Es ist freilich mein Wille," lächelte Bertalda, „wenn es nur nicht zu lange währt." Und, froh, im Gefühl, daß ein Wink von ihr jetzt vermöge, was ihr vormals so schmerzhaft geweigert worden war, schaute sie auf die Arbeit in dem mondhellen Burghof hinab.

Die Männer hoben mit Anstrengung an dem großen Stein; bisweilen seufzte wohl Einer dabei, sich erinnernd, daß man hier der geliebten vorigen Herrin Werk zerstöre. Aber die Arbeit

ging übrigens viel leichter, als man gemeint hatte. Es war als
hülfe eine Kraft aus dem Brunnen heraus, den Stein empor
bringen. „Es ist ja," sagten die Arbeiter erstaunt zu einander,
„als wäre das Wasser drinnen zum Springborne worden."
Und mehr und mehr hob sich der Stein, und fast ohne Bei=
stand der Werkleute rollte er langsam mit dumpfem Schallen
auf das Pflaster hin. Aber aus des Brunnens Oeffnung stieg
es gleich einer weißen Wassersäule feierlich herauf; sie dachten
erst, es würde mit dem Springbrunnen Ernst; bis sie gewahr=
ten, daß die aufsteigende Gestalt ein bleiches, weißverschleiertes
Weibsbild war. Das weinte bitterlich, das hob die Hände
ängstlich ringend über das Haupt, und schritt mit langsam
ernstem Gange nach dem Schloßgebäu. Auseinander stob das
Burggesind vom Brunnen fort, bleich stand, Entsetzens starr,
mit ihren Dienerinnen, die Braut am Fenster. Als die Gestalt
nun dicht unter deren Kammern hinschritt, schaute sie winselnd
nach ihr empor, und Bertalda meinte, unter dem Schleier Un=
dine's bleiche Gesichtszüge zu erkennen. Vorüber zog die Jam=
mernde, schwer, gezwungen, zögernd, wie zum Hochgericht.
Bertalda schrie, man sollte den Ritter rufen; es wagte sich
keine der Zofen aus der Stelle, und auch die Braut selber ver=
stummte wieder, wie vor ihrem eigenen Laut erbebend.

Während Jene noch immer bang' am Fenster standen, wie
Bildsäulen regungslos, war die seltsame Wandererin in die
Burg gelangt, die wohlbekannten Treppen hinauf, die wohl=
bekannten Hallen durch, immer in ihren Thränen still. Ach, wie
so anders war sie einstens hier umher gewandelt! —

Der Ritter aber hatte seine Diener entlassen. Halb ausge=
kleidet, im betrübten Sinnen, stand er vor einem großen Spie=
gel; die Kerze brannte dunkel neben ihm. Da klopfte es an
die Thür mit leisem, leisem Finger. Undine hatte sonst wohl
so geklopft, wenn sie ihn freundlich necken wollte „Es ist Alles
nur Phantasterei!" sagte er zu sich selbst. „Ich muß in's
Hochzeitbett."—„Das mußt Du, aber in ein kaltes!" hörte
er eine weinende Stimme draußen vor dem Gemache sagen,
und dann sah er im Spiegel, wie die Thüre aufging, langsam,

langsam, und wie die weiße Wandererin hereintrat, und sittig das Schloß wieder hinter sich zu drückte. „Sie haben den Brunnen aufgemacht," sagte sie leise, „und nun bin ich hier, und nun mußt Du sterben." Er fühlte in seinem stockenden Herzen, daß es auch gar nicht anders sein könne, deckte aber die Hände über die Augen, und sagte: „Mache mich nicht in meiner Todesstunde durch Schrecken toll. Wenn Du ein entsetzliches Antlitz hinter dem Schleier trägst, so lüfte ihn nicht, und richte mich, ohne daß ich Dich schaue."—„Ach," entgegnete die Wandererin, „willst Du mich denn nicht noch ein einziges Mal sehen? Ich bin schön, wie als Du auf der Seespitze um mich warbst."—„O, wenn das wäre!" seufzte Huldbrand, „und wenn ich sterben dürfte an einem Kusse von Dir."—„Recht gern, mein Liebling," sagte sie. Und ihre Schleier schlug sie zurück, und himmlisch schön lächelte ihr holdes Antlitz daraus hervor. Bebend vor Liebe und Todesnähe neigte sich der Ritter ihr entgegen, sie küßte ihn mit einem himmlischen Kusse, aber sie ließ ihn nicht mehr los, sie drückte ihn inniger an sich, und weinte, als wolle sie ihre Seele fortweinen. Die Thränen drangen in des Ritters Augen, und wogten im lieblichen Wehe durch seine Brust, bis ihm endlich der Athem entging, und er aus den schönen Armen als ein Leichnam sanft auf die Kissen des Ruhebettes zurück sank.

„Ich habe ihn todt geweint!" sagte sie zu einigen Dienern, die ihr im Vorzimmer begegneten, und schritt durch die Mitte der Erschreckten langsam nach dem Brunnen hinaus.

Neunzehntes Kapitel.
Wie der Ritter Huldbrand begraben ward.

Der Pater Heilmann war auf das Schloß gekommen, sobald des Herrn von Ringstetten Tod in der Gegend kund geworden war, und just zur selben Stunde erschien er, wo der Mönch, welcher die unglücklichen Vermählten getraut hatte, von Schreck und Grausen überwältigt, aus den Thoren floh.—„Es ist schon recht," entgegnete Heilmann, als man ihm dieses ansagte, „und nun geht mein Amt an, und ich brauche keines Gefährten." Darauf begann er, die Braut, welche zur Wittwe worden war, zu trösten, so wenig Frucht es auch in ihrem weltlich lebhaften Gemüthe trug. Der alte Fischer hingegen fand sich, obzwar von Herzen betrübt, weit besser in das Geschick, welches Tochter und Schwiegersohn betroffen hatte, und während Bertalda nicht ablassen konnte, Undinen Mörderin zu schelten und Zauberin, sagte der alte Mann gelassen: „Es konnte nun einmal nicht anders sein. Ich sehe nichts darin, als die Gerichte Gottes, und es ist wohl Niemandem Huldbrand's Tod mehr zu Herzen gegangen, als der, die ihn verhängen mußte, der armen, verlassnen Undine!" Dabei half er die Begräbnißfeier anordnen, wie es dem Range des Todten geziemte. Dieser sollte in einem Kirchdorfe begraben werden, auf dessen Gottesacker alle Gräber seiner Ahnherren standen, und welches sie, wie er selbst, mit reichlichen Freiheiten und Gaben geehrt hatten. Schild und Helm lagen bereits auf dem Sarge, um mit in die Gruft versenkt zu werden, denn Herr Huldbrand von Ringstetten war als der Letzte seines Stammes verstorben, die Trauerleute begannen ihren schmerzvollen Zug! Klagelieder in das heiter stille Himmelblau hinauf singend, Heilmann schritt mit einem hohen Kruzifix voran, und die trostlose Bertalda folgte, auf ihren alten Vater gestützt.—Da nahm man plötzlich in mitten der schwarzen Klagefrauen in der Wittib Gefolge eine schneeweiße Gestalt wahr, tief verschleiert, und die ihre Hände inbrünstig jammernd empor wand. Die, neben welchen sie ging, kam ein heimliches Grauen an, sie wichen zurück oder seitwärts, durch ihre Bewegung die Andern, neben die nun die weiße Fremde zu gehen kam, noch sorglicher erschreckend, so daß schier darob eine Unordnung unter dem Trauergefolge zu entstehen begann. Es waren einige Kriegsleute so dreist, die Gestalt anreden, und aus dem Zuge fortweisen zu wollen, aber denen war sie wie unter den Händen fort, und ward dennoch gleich wieder mit langsam feierlichem Schritte unter dem Leichengefolge mitziehend gesehen. Zuletzt kam sie während des beständigen Ausweichens der Dienerinnen bis dicht hinter Bertalda.

Nun hielt sie sich höchst langsam in ihrem Gange, so daß die Wittib ihrer nicht gewahr ward, und sie sehr demüthig und sittig hinter dieser ungestört fortwandelte. Das währte, bis man auf den Kirchhof kam, und der Leichenzug einen Kreis um die offene Grabstätte schloß. Da sah Bertalda die ungebetene Begleiterin, und halb in Zorn, halb in Schreck auffahrend, gebot sie ihr, von der Ruhestätte des Ritters zu weichen. Die Verschleierte aber schüttelte sanft verneinend ihr Haupt, und hob die Hände, wie zu einer demüthigen Bitte gegen Bertalda auf, davon diese sich sehr bewegt fand, und mit Thränen daran denken mußte, wie ihr Undine auf der Donau das Korallenhalsband so freundlich hatte schenken wollen. Zudem winkte Pater Heilmann, und gebot Stille, da man über dem Leichnam, dessen Hügel sich eben zu häufen begann, in stiller Andacht beten wolle. Bertalda schwieg und kniete, und Alles kniete, und die Todtengräber auch, als sie fertig geschaufelt hatten. Da man sich aber wieder erhob, war die weiße Fremde verschwunden; an der Stelle, wo sie gekniet hatte, quoll ein silberhelles Brünnlein aus dem Rasen, das rieselte und rieselte fort, bis es den Grabhügel des Ritters fast ganz umzogen hatte; dann rannte es fürder, und ergoß sich in einen stillen Weiher, der zur Seite des Gottesackers lag. Noch in späten Zeiten sollen die Bewohner des Dorfes die Quelle gezeigt, und fest die Meinung gehegt haben, dies sei die arme, verstoßene Undine, die auf diese Art noch immer mit freundlichen Armen ihren Liebling umfasse.

Wörterbuch

zu

Undine.

Abbrechen, to break off, to leave off. abbüßen, to expiate. Abenteuer, adventure. abermals, again. Abfahrt, departure. Abfall, apostacy. Abgeschiedenheit, isolation. abgewöhnen, to wean. abgezogen, abzog, (abziehen,) took off. Abgrund, precipice. abknuspern, to gnaw off. abläugnen, to deny. abnehmen (ließ sich wohl abnehmen), we could perceive. abreden, to agree upon. Abreise, departure. absaß, (absitzen,) dismounted, alighted. Abschied, leave, farewell. Absicht, intention. absonderlich, peculiar. abwechselnd, alternating. abwehren, to keep off. Abweichung, deviation. Abwendung, averting. abtritt, (abtreten,) ceded. abziehen, (die Hand von ihr abgezogen,) withdrawn their protection from her.

Acht geben, to give attention. achtsam, carefully, attentive. achtlos, careless, unmindly. Achtung, regard, esteem.

Abel, nobility.

Aechzen, to groan. Aerger, anger. aermlich, poorly. äzend, corroding. aeußerst, extremely. Aeußerungen, expressions.

Ahnherr, ancestor. Ahnung, foreboding, anticipation.

Albern, silly. allerhellsten, brightest. allerherrlich, most splendid. allerjämmerlichst, most pityful. allerlei, all sorts of. allertollsten, madest. allesammt, all. allgemein, in general. Altan, balcony. Alten, aged people.

Am Ende, at last. Ampel, lamp. Amt, office, duty.

Anbieten, to offer. Anblick, sight. andächtig, piously. Anfang, beginning. Anfechtung, molestation. angehören, to belong to. angerichtet, done. Anger, grass-plat. angeschlagen, considered. angewiesen, pointed out. angewöhnen (sich), to accustom oneself. Angriffe, attacks. Angst, fear. Anhöhe, eminence. Ankömmling, new comer. Anlaß, occasion. anmuthig, lovely, delightful. Anordnungen, arrangements. Anregen, called forth. ansprechen,

to interest, to please, to address. **anstimmen,** to begin to sing.
Anstand, grace. **Anstrengung,** exertion. **anstarren,** to stare. **Antlitz,**
face. **antreffen,** to be found, to meet. **Antwort,** answer. **anweisen,** to give, to direct. **anwieherte,** neighed to. **Anzug,** dress, suit.
anzünden, to light.

Arbeit, work. **arglos,** unsuspicious. **Armbrust,** cross-bow.
Art, manner, kind, sort. **artig,** good, pretty, well behaved.

Ast, branch.

Athmen, to breathe.

Aue, meadow. **auf ein mal,** at once. **auferziehen,** to bring
up. **aufheben,** to lift up. **aufheitern,** to cheer up. **auflodern,** to
blaze up. **aufnehmen,** to take up. **aufraffen,** to pick up. **aufrichtig,** candid, **upright.** **Aufsatz,** composition. **Aufsehen,** sensation. **auf's Reine,** to an agreement. **aufstoßen,** to occur, to
happen. **aufgezeichnete,** written. **aufziehen,** bring up. **Augen,** eyes.
Augenblick, moment. **augenblicklich,** immediately. **ausgebessert,**
mended. **ausbreiten,** to spread out. **Ausbruch,** brought to light.
ausdehnen, to extend. **Ausdruck,** expression. **außerdem,** besides.
auserkoren, chosen. **auserwählt,** select. **ausfindig machen,** to discover, to find out. **ausfragen,** to question, to sound. **ausführen,**
to execute. **ausführlich,** in detail. **Ausgabe,** edition, expense.
ausgemacht, decided. **ausgenommen,** excepted. **Auskunft,** information. **ausnehmend,** extremely. **ausschelten,** to scold. **ausschließlich,** exclusively. **aussperren,** to shut out. **ausstehen,** to bear.
Aussteuer, dowry. **Aussage,** saying, testimony. **austheilen,** to
give, to distribute. **ausüben,** to exercise, to practice. **auswählen,**
to choose, to select. **ausweichen,** to make way, to avoid. **austoben,** to rage out. **austreiben,** to drive out, to clear out.

Bach, brook. **Band,** ribbon. **bange machen,** to be afraid.
Bangigkeit, anxiety, fear. **Barett,** cap. **Bart (in seinen)** to himself. **bat, (bitten)** begged. **Bau,** building. **bauen,** to build. **Bäuerin,**
a peasant woman. **bäumte,** reared. **Baumwolle,** cotton.

Beängstigt, terrified. **bebten,** trembled. **Becher,** goblet.
bedachten (bedenken), to consider. **bedauern,** to pity, to regret. **bedecken,** to cover. **Bedenkliches,** injurious, suspicious. **Bedenklichkeit,**
doubt, scruple. **bedeutend,** important. **Bedeutsamkeit,** importance.
Bedeutung, signification. **Bedrängten,** distressed. **bedrohen,** to
threaten. **befahren,** to fear. **befallen,** seized, attacked. **Befehle,**

commands. beflügelten, winged. befördern, secure. begabt, gifted, endowed. begeben, to happen. Begebenheit, event. begegnen, to meet. Begehr, demand, request. Begleiter, companion. begleitet, accompanied. Behagen, comfort, pleasure. behaglich, comfortable. behalten, (behielt) to remember, keep, retain. behaupten, to assert. beherzt, courageous. beiden, both. beifällig, assenting. Bein, leg. beinahe, almost. beisammen, together. Beistand, assistance. bekannt, known. Bekümmerniß, distress, grief. belauschen, to listen stealthily. beleidigt, insulted. bemitleiden, to pity. Bemühen, strength, endeavor. bemüht, endeavored. bequem, comfortable. beraufcht, intoxicated. bereden, to persuade. bereit, ready. bereits, already. Bereitschaft, (sich in) stellen, to prepare oneself. bergen, to conceal. berichten, to inform. berüchtigt, ill reputed, notorious. beruhigt, calmed. besann (besinnen), recollected. beschatten, to shade. bescheeren, to give, to favor, to present. bescheiden lassen, to send for. Bescheidenheit, modesty. beschirmt, protected, defended. Beschützer, protector. beschwur, entreated. Besinnen, reflection. Besonnenheit, discretion. besorgen, to edit, to take care off. besorgliches, apprehensive. Besorgniß, apprehension. besorgt, anxious. Bestand, consistency, duration. bestehen, to endure. Besuche, visits. betagt, elderly. beten, to pray. bethaut, bedewed. betheuernd, assuring, declaring. bethört, bewitched, won over. Betragen, behavior. betragen (sich), to behave. betrat, entered. betrifft (betreffen), concerned. betroffen, happened, befallen. betrüben, to distress, to grieve. betrübt, sad. Betrug, deceit. Betrügerinn, deceiver, imposter. bettelarm, poor as a beggar. bettelnd, begging. beugen, to bend, to turn. beurtheilte, judged. Beute, booty. bewahren, to preserve, to protect. bewegen, to move, to touch. Beweglichste, most touching manner. Beweise, proofs. bewies (beweisen), proved, shown. bewirthen, to entertain, to tread. bewog (bewegen), induced. bewohnbaren, inhabitable. Bewohner, inhabitant. bewundern, to admire. Bezeigen, action, behavior. Beziehung, connection, relation.

Biederherzig, honest. billigend, approvingly. Bild, picture. bilden, to form. Bildner, sculptor. Bildung, education, formation. bis, until. Bischen, little. bisherigen, previous. bisweilen, sometimes. bitten, to ask, to request.

Blankes, shining, glittering. Blatt, leaf. Blei, lead. bläulich, blueish. Blick, look, glance. blieben (bleiben), remained.

blinken, to look, to gleam. Blitz, lightning. blitzte, shone, lightened. Blödigkeit, timidity. blos, only. bloßen, mere. blühen, to blossom. blühend, blooming. Blumenbeete, flower beds. Blut, blood. blutwenig, very little.

Bog (biegen), overshadowed, bent, leaned. Boben, ground, earth. boben (zu), down. Borne, spring. böse, angry. Bosheit, wickedness. Botschaft, message.

Braten, roast meat. brauchen, to want, to need. Bräutigam, bridegroom. Brautpaar, bridal pair. breit, broad, wide. Brunnenmeister, inspector of the well.

Bucht, inlet, bay. Bücklinge, bows. bückt vor, bend forward. Bund, league. Bündniß, alliance. bunte, many colored, variegated. Bürde, burden. Burg, castle. Burggesind, castle servants. Bursche, fellow. Buße, atonement. büßen, to atone.

Dabei, at the same time. Dach, roof. dachten (denken), thought. dafern, in case that. da gab es einmal, there was or were once. dagegen, for it, against it. daheim, at home. dahin, thither. Damm, dike, dam. dämmern, to dawn. Dämmerung, twilight. dampfen, to steam. dargelegt, demonstrated. darfst, needest. darob, on that account. dauerte, lasted. dauern, to regret, to grieve. dazwischen, between.

Decken, to cover. dem zu folge, therefore, accordingly. demnach, therefore. Demuth, humility. demüthigste, most humble manner. Denkmal, monument. dergleichen, such like. desgleichen, the same. deshalb, on that account. deswegen, on that account. deutlich, clearly, plainly.

Dicht, close to. Dichter, poet. dienen, to serve. Diener, servant. Diesseit, this side. Ding, thing. Dirne, girl.

Dort, yonder, there.

Drache, dragon. drängen, to interfere, to press. draußen, outside. drehen, to turn. dreist, bold, courageous. drohen, to warn, to threaten. drüben, yonder, on the other side. drückten, pressed.

Duldsam, patient. dumm, stupid, foolish. dunkel Wesen, inexplicable action. Dunst, vapour. durchbrauste, roared through. durchgehen, to run away. durchgehend, generally. durchschreiten, to go through. dürr, thin, spare.

Eben, exactly, just, even. ebnen, to smooth, to even.
Edel, noble.
Ehe, marriage. Ehegatten, husband and wife. Eheleute (die
beiden), the couple, married people. Ehepaar, married pair. eher,
rather, sooner. Ehre, honor. Ehrenplatz, place, seat of honor.
ehrenwerth, honorable. ehrlich, honest. ehrliebend, ambitious,
desirous of honor. ehrsam, honorable, honored. ehrwürdig,
venerable.

Eiche, oak. eifern, zealous. eifersüchtig, jealous. Eigensinn,
obstinacy. eigenthümlich, peculiar. eigentlich, really. eilen, to
hasten. einbrechen, to break in, to set in. Einfall, idea, notions.
einfallen, come into the mind. eingeboren, native, inborn. ein-
holen, to overtake. einig, united, agree. einmal, once, one time.
eingepfählt, fastened. einreden, to persuade. einrichten, to ar-
range, to make. einsam, lonely. Einsamkeit, solitude, loneliness.
einsehen, to conceive. Einsiedler, hermit. Eintritt, entrance.
Einwilligung, consent. einzige, only. eitel, vain. einzusehen meinte,
felt.

Elend, miserable, misery Eltern, parents.

Empfindlich, acute. empor, upwards. empört, angry. emsig,
busily, perseveringly.

Endlich, at last, finally. eng, narrow. engelisch, angelic.
entblößen, to undress, to uncover. Entdeckung, discovery. ent-
fahren, to escape. entgegnen, to reply. Entflohenen, fugitive.
entgleiten, to slip from. enthalten, to restrain. enthüllen, to unveil,
to uncover. entleeren, to empty. Entsagung, renunciation. Entschädigung, remuneration. entschiedenste, most decided. entschleiern,
to unveil. entschließen (sich), to determine, to decide. entsetzen,
to frighten. Entsetzen, terror, to be struck with terror. entspann,
(entspinnen) took place, ensued. entwickeln, to develop. entzücken,
to delight.

Erbaulich, edifying. erbeben, to tremble. Erbieten, offer.
Erdgeist, gnome, goblin. Erdzunge, a neck of land. erfahren
(erfuhr), to experience, to learn. erfassen, to seize. erflehen, to
beg pardon, to entreat, to implore. erforschen, to find out, to
search out. erfreulich, pleasing, gratifying. Erfüllung, fulfillment.
ergeben, to resign, to devote. Ergebenheit, devotion. ergoß (er-
gießen), emptied, discharged. ergötzen (sich), to amuse one self,

to delight. ergreifen, to seize. ergrimmen, to rage, to become angry. ergründen, to find out. erheben, to raise, to rise. erhellen, to lighten, to illuminate. Erhitzung, excitement. erholen, to refresh, to recuperate. erinnern, to remind, to remember. Erinnerung, remembrance. erlaufen, to bribe. Erklärung, declaration, explanation. erlaben, to refresh. erleben, to experience. erlitt (erleiden), suffered. erlöschen, to extinguish. ermahnen, to admonish. ermangeln, to be wanting, to fail. ermannen, to take courage. ermattet, tired out. ermübet, tired, wearied. ernst, earnest. ernstlich, earnestly. erquicken, to refresh. erquicklich, refreshing. erregen, to cause, to excite. erretten, to save. Ersatz, compensation. ersaufen, to drown. erschaffen, to create. erscheinen, to appear. Erscheinung, apparition. erschöpfen, to exhaust. erschrecken, to frighten. ersetzen, to compensate, to replace. erstaunen, to wonder, to surprise. Ertrunkenen, drowned-one. erwägen, to consider. Erwägung, consideration. erwähnen, to mention. Erwähnung, mentioning, make mention. erwehren, to prevent, to keep off. erwidern, to reply. er wird ja nicht gar, probably he is safe. erzählen, to narrate. Erzählung, narrative. erzogen (erziehen), educated.

Es ging, it happened. es war ihm zu Muthe, he felt.

Fächeln, to flap their wings, to fan. Fahrten, wanderings. Fahrzeug, boat. Fällen, circumstances. Falten, folds. Farbe, color. farbig, colored. Faß, cask. fassen, to seize, to conceive. Fassung, composure, self-possession. fast, almost.

Feder, plume, pen. Federzügen, lines. feiernd, resting, celebrating. feierlich, solemn, holy. Feind, enemy. feindlich, hostile. feindselig, angrily, hostily. Feldzug, campaign. fern, far, distant. Ferne, distance, far away. ferner, moreover. fertig, ready. fest, strong, tight. Feste, fortress. feucht, wet, damp. feuchten, to moist. Fey, fairy.

Fichte, pine-tree. fiel (fallen), fell. fing (fangen), caught. fingen an, began. finster, gloomy, dark. Finsterniß, gloominess. Fittig, wing.

Fläche, front, face (of the stone). Flecken, stain, spot. flickte, mended. fliegenden, flying. flog (fliegen), flew, struck. Fluch, curse. Flucht, flight, escape. flüchten, to escape. flüchtig, swift, quick. flüsterte, whispered. Fluth, water, tide, flood.

Folge (in), in consequence of. folgendermaßen, in the following manner. forberte (auf), challenged, requested. **Forberung**, request. **Forst**, forest. **fort**, away. **Fortsetzung**, continuation.

Frage, question. fragend, inquiring. **Freiheitskrieg**, war of independence. **Fräulein**, Miss. **freilich**, indeed. **fremd**, strange. **fremdartig**, strange. **fremden**, foreign. **Frembling**, stranger. **Freude**, joy, comfort. **Freundlichkeit**, friendliness, kindness. freute, rejoiced. **Friede**, peace, tranquility. **fröhlich**, joyous. **Fröhlichkeit**, gaiety. fromm, pious, gentle. **Frommen** (zu), for the welfare. **Fruchtbarkeit**, fertility. früh, early. früher, earlier, formerly, before. **Frühstück**, breakfast.

Fügten, joined, happened. fühlte, felt. fuhr an (anfahren), snubed. fuhr fort, continued. fuhr zusammen, started. **Fuhrmann**, waggoner, driver. **Fuhrwerk**, vehicle, carriage. **Fuhrzeug**, carriage. **Funke**, spark. fürchterlich, terrible. fürder, in future. fürstliche, princely. **Fußbank**, cricket. **Fußsteige**, foot-path.

Gab (geben) heraus, published. **Gabe**, gift. **Gang**, direction, way. ganz, wholly, all. gänzlichen, entire. **Gasse**, street. **Gast** (zu), as a guest. gastlich, hospitable. **Gattin**, wife. **Gaukelei**, phantasm, vision. gaukeln, to flutter, to juggle. gaukelhaftes **Bildniß**, vision. **Gaukelspiel**, jugglery, delusion. **Gaukler**, conjuror, juggler. **Gaul**, horse.

Gebeut (gebieten), thinks best, orders. **Geberin**, giver. **Gebiet**, dominion, territory. gebieten, to order, to command. **Gebieter**, master, lord. **Gebilde**, visions. gebildet, formed, educated. gebissen (beißen), bitten. geblendet, blinded, dazzled. geboren, born. gebot, ordered. **Gebräuche**, customs. **Gebraus**, roaring noise. gebühre, belonged to. gebürtig, born. **Gedanke**, thought. **Gedulb**, patience. geehrt, honored. **Gefahr**, danger. **Gefährte**, companion. gefällige, obliging. **Gefangener**, prisoner. gefiel (gefallen), pleased. gefoppt, mocked, jeered. gegängelt, lead, controled. **Gegend**, region, country. **Gegensatz**, opposition. gegenseitigen, reciprocal. gegenüber, opposite. **Gegenwart**, presence. **Geheimniß**, mystery. **Gehäul**, howling. gehäuer zu **Muthe**, feel safe. geheischt, required. geheißen sei, was called (named). **Geheucheltes**, hypocritical. gehalten, considered. gehorchen, to obey. gehören, to belong. geht es mich an, is that to me. **Geist**, sense, spirit. geistliches **Lied**, hymn, sacred song. gekommen, happened. Gekicher, giggling. gelangen, to arrive at. gelassen, cooly, calmly. Geleit, company, attendance, retinue. Geleiter, Guide. geleitet, guided. gelenkt, directed, guided. gelogen (lügen), lied. Gemach, room, chamber. gemachtes, forced. Gemahl, husband. Gemahlin, wife. gemeinsam, common. gemeinschaftlich, together. gemurrt, murmured, grumbled. Gemüth, nature, heart and soul. genäßt, wet. genießen, to make use of, to enjoy. genommen (nehmen), to take. Genossin, companion. genöthigt (sich — sehen), to be obliged. geputzt, dressed. gerade, straight, just. gerathen, guessed, succeeded. Gerathewohl, random, hazard. gereichen, redound, conduce. gereist, travelled. Geräusch noise. geriethen, came, fell. gering, small, poor. gerissen (reißen), overflowed. geritten (reiten), rode. gern, willingly. gerne haben, to like. gesammelt, collected. geschaffen, created. Geschenke, presents. Geschicht, story. Geschichte, history. geschichtlich, historic. Geschick, fate. geschieden, divorced, separated. Geschlecht, race, sex. Geschlitz, notch. geschmückt, dressed, adorned. geschossen (schießen), shot. Geschrei, calling, noise. gesegnete, blessed. Gesell, fellow. Gesellt, associates. gesessen (sitzen), sat. Gesetz, law. gesichert, secured, safe. Gesicht, face, vision. Gespenst, ghost. Gespräch, conversation. Gestade, shore. Gestalt, form, figure. Gestalten, apparitions, forms. gestiegen (steigen), mounted, rose. gestorben (sterben), died. Gesträuch, brushes, bushes. gestreut, spread, strewed. gestrig, of yesterday. gestritten (streiten), disputed. gestürzt, plunged. gestützt, supported. Gesumse, buzzing. gethan, done. getaucht, bathed. Getöß, noise. Getränk, drink. getraut, trusted, united. gewahrte, perceived. Gewahr werden, to perceive. Gewalt, power, force. gewaltig, powerful. gewandt, addressing, turned. Gewandtheit, agility. Gewebe, work, texture. geweigert, refused. geweihtes, sacred, consecrated. gewiegt, cradled. Gewimmel, swarm, crowd. gewinnen, to gain, to profit. gewiß, sure, certain. Gewissen, conscience. Gewissensbisse, remorse. gewittern, to thunder. gewogen sein, to favor any one. gewöhnlich, commonly, ordinarily. gewohnten, accustomed. Gewöhnung, accustoming. gewölbten, arched. Gewölke, clouds. gezähmt, tamed. Gezänke, disputing. geziemen, to become. gezwungen (zwingen), affected.

Gibt es, are there. gilt (gelten), is worth, passes for.

Glanz, splendor. glättete, smoothed. Glauben, faith. gleich, instantly. gleich darauf, immediately after. Gleichen, similars, equals. gleichfalls, likewise. gleitend, sliding. Glieder, limbs, members. Glück, happiness, fortune. Gluth, glow, passion.

Gnomen, gnomes.

Goldbezogen, gold-stringed. goldgestickt, embroidered with gold. gönnen, not to grudge, grant. goß (gießen), poured. Gott sei vor, God prevent.

Grabstätte, grave. Gram, grief. grämlich, morose. Gräser, grass. gräßlich, horrible. Grauen, dread. Gräulbilder, horrible phantoms. grausend, awful. greifen, seize, (nach greifen, to reach for). Grenze, limit, frontier. Grillen, whims. Grillenfänger, whimsical fellow. Grimm, rage, anger. grinzen, to grin. Großmuth, generosity. Gruft, tomb. Grundzug, feature. Gruß, greeting, compliment. grüßen, to greet.

Gunst, favor. Guß, stream. Gute, estate.

Haar, hair. hab (an), wear. Halsband, necklace. halten (lassen), to be stopped. Handlung, action. Handschuhe, gloves. Hange, slope. harrend, hoping, waiting. Härte, harshness. häßlich, homely. Hast, haste. hauchte (an), rekindled. Haufen, crowd. Haupt, head. haußen, abroad. Hausgenossen, family. Hausgesinde, domestic servants. hausten, lived, dwelled. Haut, skin.

Hebebaum, lifting pole, lever. Heerde, hearth. heftig, violently. hegte, cherished. Heide, heathen. Heil, salvation. heilig, saintly, holy. Heimath, home. heimgekehrt, returned home. heimlich, secret. Heirath, marriage. heißen, means, to name. heiter, cheerful. Held, hero. Heldengedicht, epic poem. Hehl (ohne Hehl), openly, frankly. hell, clear, light. Helm, helmet. Hengst, stallion. herb, bitter. Herberge, quarters, lodgings. Herd, hearth. Herkunft, descent, birth. herrisch, domineering. Herrin, lady, mistress. herunter, down. herumstreifen, wander about. herumwälzem, to roll about. hervor, forth, out. hervorbrechen, break forth. hervorlocken, to draw forth, to allure forth. Herzog, duke. heulen, to howl, to roar. heute, to-day. Hexe, witch.

Hielt (halten) still, stopped. Himmelsgabe, gift of heaven. hin und her, to and fro. hinaus, out. hindonnern, to thunder along. hindurch, throughout. hinein, into. hingegen, however. hinjagen, to drive. hinstürmte, rushed. hinter, behind. hinunter, down. hinzusetzen, to add.

Hochfürstlich, princely. Hochgericht, place of execution. hochmüthig, haughty, arrogant. höchst, very. Hochzeit, wedding. Hof, court-yard. hoffend, hoping. höflich, polite, civil. Höflichkeit, politeness. Hoffnung, hope. höhnisches, scornful, sneering. hold, lovely, graceful. holen, to fetch, to ask. Holz, wood. Holzstamm, log. hörten zu, listened to.

Hub an (anheben), began. hübsch, handsome. Hügel, hill. Hülfe, help. Hülle, veil, cover. Hund, dog. hüten (sich), to take care. Hütte, hut.

Im Grunde, in reality. immer, always.

Inbrünstig, heartily. indem, whilst. indessen, however. inne (halten), to stop. innig, hearty. Insel, island.

Irdischen, earthly. irgendwo, somewhere. irren, to be mistaken.

Jagen, to drive. jagend, driving, chasing. Jahr, year. Jammer, grief, sorrow.

Jeglich, every. Jedermann, every one. jedoch, however. Jedwedem, every one. jegliches, each one. jenseit, beyond. jetzig, present, now. jetzo, now. jetzund, now.

Jungfrau, maiden, young woman. Jüngling, youth. just, just, now.

Kahl, bare. Kahn, boat. kam es ihm vor, it seemed to him. Kämmerling, chamberlain. Kapital, capital. Kärrnerkittel, blouse of a drayman. kaum, hardly.

Keck, bold. Keckheit, boldness. Kehle, throat. Kerl, fellow. Kerze, taper. Kette, chain. keuchen, to pant.

Kindheit, childhood. Kirchdorfe, church-village.

Klage, complaint. Klagelieder, mournful songs, lamentations. Kleid, garment. Kleinodien, trinkets. klimmen (klomm), to climb. Klinge, blade of a sword. klingend, ringing. klingt, (klang), sounds. klirrte, clicked. klomm, climbed. klopfen, to knock. klug, sensible.

Knappe, attendant to a knight. knicte, kneeled. knüpfte los, unfastened, untied. Können, could. Körper, body. körperlich, physical. kosend, chatting, caressing. kos't, caress, chat. köstlich, precious, delicious. Krachen, to crack. krächzen, to croak. Kraft, power. kräftiglich, vigorously. kraftvoll, vigorous. krank, sick. Kränze, wreaths. Krebsen, crabs. Kreis, circle. kreischend, screaming. kreuzte sich, crossed herself. Kreuz und Elend, tribulation. kriegen, to have, to get. Krug, jug. Kuchen, cake. Küche, kitchen. Kugel, ball. Kühle, coolness. kund werden, to become known. kund geben, to make known. Kunde, information, records, traditions. künftig, in future. Kunstgemäß, according to the rule of art. kürzen, to shorten. kurz, abruptly. Kuß, kiss. Kutte, cowl.

Laben, to refresh. Labung, refreshment. lachen, to laugh. lächeln, to smile. lächerlich, laughable, ridiculous. lag (liegen), laid. lag nicht an, did not care. Lager, bed, couch. lallen, to lisp. ländlich, rural. Landsee, lake. langsam, slow. Lärm, noise. lassen, to press. Laubgegitter, foliage. lauernd, lurking. Lauf, course. Laune, humor. launenhaft, capricious. Laut, sound, tone. Laute, lute.

Leben, to live. Lebensgeschichte, biography. lebhaft, lively. Leckerbissen, dainty bit. ledig, unoccupied. leer, empty. lehnen, to lean. Leib, body. Leibeigener, bondman, serf. Leiche, Leichnam, corpse. leicht, light, easy. leide (zu) thun, to harm. Leiden, sorrows, sufferings. leider, alas. Leinwand, linen-cloth. Leser, reader. Leuchten, light. leuchten, to shine. Leute, people.

Lieber, rather. lieber gewesen, prefered. liebes, beloved, lovely. liefern, to provide, to furnish. Liebkosung, caresses. lieblich, lovely, sweet. Lieblichkeit, loveliness. Liebling, favorite. ließ ich (lassen), would I allow. ließ sich nieder (sich niederlassen), sat down. Lied, song. lind, soft, mild. linken, left. Listen, cunnings, artifices. litt (leiden), suffered.

Loben, to praise. locken, to allure. losgehen, to go on, to start. löschen, to extinguish. losbrechen, to take off. losgürten, to unsaddle. loszügeln, to unbridle. los werden, to be rid off.

Luft, disposition. lustig, lively.

Machte mit, was of the party. mächtig, powerful, mighty. Makel, stain. Mägdlein, maid, lass. Mahl, table. mahnen, to remind. Mahnung, reminding, admonishing. Male (ein), at once. malen, to paint. man, one. Mann, husband. Mannen, vassals. mannigfach, manifold. matt, exhausted. Märchen, fairystory. Maul, mouth, muzzle. Mauer, wall.

Mehrentheils, mostly. meinen, to think, to mean. Menge, multitude. merken, to perceive.

Mildern, to soften. minder, less. Mißbehagen, discomfort. mißgeschaffenen, misshapen. mißtrauisch, suspicious. mit einander, together. mittelländischen, mediterranian.

Mögen, may. Mond, moon. Mörderin, murderess.

Müdigkeit, fatigue. Mühlenräder, millwheels. Mühwaltung, trouble. Münze, coin. mürrisch, sulky, morose. Muschel, shell. Muthe (war zu), felt. muthwillig, wanton, roguish. Mütze, cap.

Nach und nach, bye and bye. nacheilen, to pursue, hurry after. Nachen, boat. nachher, afterwards. Nachlässigkeit, carelessness. Nachricht, news, information. Nachschmack, after-taste. nachspüren, to track. nächste, next. Nachtigall, nightingale. Nachtlager, night-lodging. nachzerren, to pull after. Nacken, neck. Nagel, nail. nähen, to sew. näher kommen, to approach. nahm zusammen, collected. namentlich, particularly. Naseweis, impertinance. naß, wet.

Neben, near, by. Nebenbuhler, rival. neblicht, misty. nebst, together with. neckende, bantering. Neckerei, raillery, provocation. nehmen, to take. neigen, to bow, to bend. Neigung, inclination. nennen, to name. nesteln, to lace. Netz, net. Neubegier, curiosity. neugeschenkt, newly presented. Neuvermählten, newly married.

Nichtchen, little cousin. nicken, to nod. nieder, down, poor. Niederung, low-land. niedrig, low. niederziehen, to draw down. Niemand, nobody. nimm (nehmen), take.

Noch niemals, never before. Noth, need, want. nöthigen, to oblige. nutzreich, usefull.

Ob, although. obenbrein, obenein, beside. Oberfläche, surface. obgleich, although. obwalten, existed. obwohl, although. obzwar, though.

Oel, oil.

Offenbaren, to manifest.

Oheim, uncle. ohnehin, besides. ohnmächtig, fainting. Ohr, ear.

Opfer, offering.

Ordenstracht, robe, gown of an order. ordentlich, real. Ort, place.

Passen (sich), to be fit.

Pfad, path. pfeilschnell, arrow-like, swiftly. Pferbebecke, horse-cover. Pflaster, pavement. Pflege, care. pflegen, to nurse, to take care of. pflegen (zu thun), generally do. Pflegetochter, ward. pflegt (zu kommen), happens. Pforte, gate, door.

Platz da, make room. Plätschern, plashing. plötzlich, suddenly.

Pochen, to knock.

Prächtig, magnificent. prahlen, to boast. prangen, to shine. pries (preisen) sich glücklicher, considered himself happier. proben, to try, to test. Probestück, trial.

Pusteten, blew.

Quelle, mouth, source. quer, across. quillt, issues.

Rache, vengeance. Räder, wheels. Rahme, framework. Rand, side, border. rasch, quick. rascheln, rustle. Rasen, grass. Rasenfleck, spot of grass. Raserei, rage, madness. Rast, rest. rasten, to rest. Rath, advice. Räthsel, riddle. Räthselhaftigkeit, doubt. räucherig, smoky. rauh, coarse. Raum, space. räumen, to make room. rauschen, rustle, roar.

Rechenschaft, account. Rede, story. Reden, speaking. recken, to stretch. regen, to stir, to move. regieren, to rule. Reich, kingdom. reichen, to give. Reichsstadt, city of the empire. reinsten, purest. reinlich, cleanly. Reisegesellschaft, travelling company. Reiselust, desire for travelling. Reisig, brushwood. reißenden, rapid. reißt durch, breaks. reizend, charming, lovely. Retter, deliverer.

Richten, to direct. Richtung, inclination, direction. rief (rufen), cried. riesenmäßig, giantlike. riesig, gigantic. Riegelrennen, carousal. ritt (reiten), rode. Ritter, knight. Ritterlichkeit, chivalry. Ritterthat, valerous deed. Rittmeister, cavalry captain.

Roß, horse.

Rücken, back. Rufen, calling. rufen, to name, to call. Ruhe, rest. ruhig, placid. rühren, to touch, to move, to affect Rührung, emotion. runzelten die Stirne, frowned. Rüster, elm. rutschen, to glide, to move.

Sache, case. sacht, whisperingly, gently. Sage, legend. Saiten, strings. Sälen, halls. sammt, together with. sanft gentle. Sängerkrieg, war of singers. sannen (sinnen), considered, thought. Sarg, coffin. saß, (sitzen), sat. sahen (sehen), saw. satt, tired.

Schaar, troop, band. Schäferei, jesting. Schädel, head (skull). schaben nehmen to be harmed, to be injured. Schäfer, shepherd, swain. schaffen, to do. Schall, sound. schalt (schelten), scolded. Schalten, dispose. scharlachroth, scarlet red. Scharrfüße, scrapings. Schatz, treasure. Schauder, shuddering, horror. schauern, to shudder. Schaum, foam. schäumen, to foam. Schaupfennig, medal. schaurig, dreadful, awful. Schauspiel, comedy.

Scheiben, panes. Scheide, sheath. schelten, to scold. Schenkel, thigh. schenken, to give. schenkte ein, poured in. Scherz, sport. scherzen, to joke. scheu, timid, shy. scheuen, to shun, to fear.

Schicken sich, appropriate, fit. schieben (schob), to push. schien (scheinen), seemed. schier, almost, nearly. schießt, glides, slips. Schildbub, shield-bearer. Schilf, reed. schilt (schelten), scolds, Schimmel, white horse. Schimmer, glimpse.

Schlacht, battle. Schlaf, sleep. schlagen (drein), interfere. schlagend, flapping. schlang (schlingen), threw. Schlangentödter, snakekiller. schlank, slender, lank. schlecht, bad. Schleier, veil. schleudern, to carry or throw away. schleunig, quickly. schließen (auf), to open. schließt sich an, belongs to. Schloß, castle. schluchzen, to sob. schlug (schlagen), struck, played. Schlund, throat. schlüpfen, to slip. Schlüssel, key.

— 15 —

Schmähen, to slander. schmeicheln, to flatter. Schmerz, pain. schmerzlich, painful. schmiegen, to cling to. schmiß (schmeißen), threw. Schmuck, dress, ornament. schmücken, to adorn. schmutzig, dirty.

Schnarren, to rattle. schnauben, to snort. schneiden (schnitt), to cut (make). schnell, quick. Schnelligkeit, quickness, velocity. Schob (schieben), pushed. scholl (schallen), sounded, rang. schön, beautiful. schonen, to spare.

Schrank, cupboard. Schrecken, fright. schreckhaft, timid. Schreibtisch, writing-desk. schrie, (schreien), cried. Schriftsteller, author. Schritt, step.

Schüchtern, timid. Schuld, fault. Schüssel, dish. schütteln, to shake. Schutzort, place of safety, refuge.

Schwächlich, feeble. Schwalbe, swallow. Schwanenfittige, swan's wings. schwankend, waving. schwarz, black. schweben, to hang. schweig, be silent. Schwelle, threshold. schwer, heavy. Schwermuth, melancholy. Schwert, sword. schwindeln, schwindlich, dizzy.

Seele, soul. Seeufer, sea-shore. segneten, blessed. Segen, blessing. sehen (zu) bekommen, to see, to meet. selbig, same. selig, happy. seltsam, peculiar, strange. senken, to sink. senkrecht, perpendicular. Sessel, chair. seufzen, to sigh.

Sichtbar, visible. sieh dich um, look around. Sinn, senses, feelings. sinnen, to think. sinnend, meditating, thinking. sinnvoll, thoughtfull. Sitte, custom. sittig, modestly, politely. Sitz, place, seat.

Sonderlich, particulary. sonst, formerly. sorgen (dafür) zu müssen, to be obliged, to guard against. sorgfältig, carefully. Sorge, care. sorglos, unsuspicious.

Spann, instep. Spaß, sport. spaßen, to sport. später, later. spazieren fahren, to sail. Spiegel, mirror. Spiel (loses), wild sport. spielen, to play, to sparkle. Speise, food. Spitze, point. spitzig, pointed. Sporen, spurs. sprang (springen), jumped. Springbrunnen, fountain. Springinsfeld, rover, lively youth. sprossen, to sprout, to spring forth. spritzen, to spatter. Spruch, Sprüchlein, sentence, sacred passage. sprudeln, to splash, to splatter.

Spuk, hobgoblin. Spukereien, apparition of hobgoblins. Spur, trace.

Stab, staff. Stadt, city. stampfen, to stamp. stand (stehen) auf, rose. starb (sterben), died. starren, to stare. Staub, dust. staunend, astonished.

Steigern, to increase. Stein, stone. steinig, stony. Steinkluft, stonecleft. Stelle, place. stellen (hin), to place. stellen (sich), to feign. sterben, to die.

Stickerei, embroidery. stieg (steigen) von seinem Pferde, dismounted, alighted. Stimmen, voices. stimmen (ein), to join in, to coincide. Stirn, forehead.

Stob (stieben) auseinander, dispersed. stocken, to stop. Stolz, pride. Storch, stork. Störung, disturbance, interruption.

Strahlen, to beam. strahlen (wieder), to reflect. streben, to strive. strecken, to stretch. streicheln, to stroke. Streif, stripe, line. streifen, to rove. Streitroß, battle-horse. stritt (streiten), disputed. strömen, to stream. strudeln, to bubble.

Stube, room. stumm, dumb. Stunde, hour. Sturz, fall. stürzen, to fall. Stütze, support.

Suchen, to seek, to search. sündhaft, sündlich, sinful.

Tag, day. tändelt's, it plays. Tannen, fir-trees. tasten (an), to touch. Taube, dove. tauben, mute. tauchen, to bathe, to dive. taufen, to baptize. Taufhandlung, act of baptism. taumelte, staggered.

Teppich, carpet.

Thal, valley. Theil, part. theilhaftig werden, to become possessed. Thorheit, folly. thöricht, foolish. Thränen, tears. Thurm, tower. Thau, dew.

Tief, deep. tiefsinnig, thoughtfully.

Tobenden, raging, tempestuous. tod, lifeless. Todesangst, mortal fright. toll, frantic. tolle, strange. tosen, to rage.

Trabte, trotted. tragen, to carry, to bear. trat auf (treten), appeared. trat (näher), approached. trauen, to unite, to marry. Trauer, mourning, sadness. Trauerflor, mourning crape. Trauerkleid, mourning dress. Traum, dream. träumen, to dream. Traumgesicht, dream-vision. Trauung, marriage. Trauungsfeierlichkeit, marriage-ceremony. treffen, to hit, to meet. trefflich, excellent. Treiben, doings, agitation. treiben, to hurry. trennen, to separate. treten, to step. treu, true. trieb (treiben), drove. triefen, to drip. trocken, dry. troff (triefen), dripped. tröpfeln, to drip. Trost, consolation. trösten, to console. trotz, in spite. Trotz, stubbornness. trotzig, obstinate. trug (tragen), carried, wore. trügerisch, deceptive.

Tüchtig, great deal. tückisch, malicious. Turnier, tournament.

Ueber, above, beyond. Uebles, evil, bad. überaus, exceedingly. Uebergang, passage. übergangen (übergehen), to pass over. überhaupt, generally. überlegen, to consider. Ueberraschung, surprise. überrauscht, shaded. überschatten, to overshadow. Ueberschwemmung, inundation. übertreten, to overflow. Ueberzeugung, conviction. übrigen, other, remaining. übrigens, beside.

Ufer, shore.

Um, in order. umbuscht, embushed. umfänglich, extended. umfassen, to embrace, to encircle. umgekehrt, contrary. Umgestaltung, transformation. umstürzen, to fall down. umschlagen, to turn over. umschweifend, fantastic. Umstände, circumstances. Umwegen, circuit.

Unart, naughtiness. unaufhörlich, uninterruptedly, continually. unaussprechlich, inexpressible. unbändig, unrestrained. Unbändigkeit, refractoriness. unbegreiflich, inconceivable. unbewußt, unconscious. unterdessen, meanwhile. undeutlich, indistinct. unerbittlich, pittilessly. unermeßlich, unmeasureable. unfähig, incapable. unfern, not far. Unfug treiben, kick up a row. ungeachtet, notwithstanding. ungeberdig, unmannerly. ungebürlich, unbecoming. Ungedult, impatience. ungefähr, about. ungeheuer, monstrous, enormous. Ungehorsam, disobedience. ungerathen, naughty. Ungeschick, awkwardness. ungestüm, violent. ungezähmten, unbridled, untamed. ungezogen, illbehaved. Ungezogenheit, naughtiness. Unheil, evil. unheimlich, suspicious. Unhold, fiend. unlieb sein, to be sorry. unmittelbar, directly. unsäglicher, unutterable. Unschuld, innocence. unsittig, immodest. unstät, uneasy, unsteady. unter, among. unterbrach (unterbrechen), interrupted. unterdessen, mean-while. Unterkommen, shelter. unterlassen, to refrain. unterscheiden, distinguish. unterschiedlich, different. unterstützt, supported. untertauchen, to vanish, to dive. unterwegs, on the way. unterworfen (unterwerfen), subjected. unverehlicht, unmarried. unverholen, openly, unrestricted. unverkennbar, unmistakeably. unvermuthet, unexpected. unverschuldet, innocent. unversehens, unexpected. Unwegsamkeit, unpassableness. Unwetter, storm. Unwille, displeasure. unwillig, angrily. unwillkürlich, involuntary. unzugänglich, inaccessible.

Urplötzlich, all at once. Ursache, reason, motive. (um einer gar hübschen Ursache willen,) for a very good reason. Urwald, primitive forest.

Verbarg (verbergen), hid. verblendet, deceived. verblieb (verbleiben), remained. verboten (verbieten), forbade. Verdienstliches, meritorious. verdienen, to merit. verdorrter, decayed. Verdrängten, ousted one. verdrießlich, ill humoredly. verehlicht, married. Verein, union. Vereinigung, connection. Verfahren, treatment. Verfolg, course, continuation. verfolgen, to pursue. vergangen, passed by. Vergänglichkeit, perishableness. vergaß (vergessen), forgot. vergebens, vergeblich, in vain. vergessen, to forget. vergnüglich, -agreeable. vergnügt, pleased. vergönnen, to allow. Verhältnissen, relations. Verheißung, promise. verhieß (verheißen), promised. verhüllen, to cover, to veil. verhüten, to forbid, to prevent. Verirrte, lost one, wanderer. verjagen, to drive away. verkehrt, wrongly. verkleiden, to disguise. verlangen, to long for, to demand, to desire. verlegnen, embarrassed. verletzen, to injure. Verletzung, injury. verliebten, loving, loved. Verlobte, bride and bridegroom, engaged ones. verloren, lost. vermag (vermögen), is able, can. vermehren, to increase. vermeiden, to avoid. vermissen, to miss. Vermessenheit, boldness, forwardness. vermöchte (vermögen), was able. vermuthlich, probably. Vermuthung, expectation, supposition. vernehmen, to hear, (ließ sich vernehmen,) was heard. vernehmlich, distinct. vernommen, observed, heard. veröbeten, disserted. verplaudern, to talk away. verrieth (verrathen), betrayed. verrann (verrinnen), dissolved, vanished. verrinnend, flowing. verrufen, to be ill reputed. verschaffen, to procure. verschämt, bashfull. verschlingen, to interlace, to swallow. verschonen, to spare. verschwand (verschwinden), disappeared. versichern, to assure. versiegen, to dry up. Versprechung, promise. versprochen (versprechen), promised. verstatteten, permitted. verstand (verstehen), understood. verstecken, to hide. verstören, to disturb. verstoßen, to reject. vertauscht, exchanged. vertrinken, to spend in drinking. vertraulich, confidently. Vertraulichkeit, intimacy. verübeln, to blame. verursacht, caused. verwaif't, childless. verwahren, to preserve, to protect. verwandt, related. Verwandtschaft, relationship. verwegen, bold. verweilen, to remain. verwelken, to wither. Verweis, reprove. verweisen, to reprove. verwirrt, troubled. verwöhnt, spoiled. verworren, confused. verwunderlich, strange. Verwünschungen, curses. verzeihen, to pardon. verzerren, to distort. verziert, ornamented. verzogen (verziehen), spoiled. Verzögerung, delay. verzweigte, interwove. verwundert, astonished.

Viele, many. vieles, much. vielgetreues, very faithfull. vielleicht, perhaps. vielmehr, rather. Vieren, four.

Vöglein, little bird. Vögte, bailiffs, stewards. Volk, people. vollends, completely, entirely. vollkommen, perfect. Vollziehung, performance. Vorfalle, occurrence. vorgeschlagen, proposed. vorhin, a little while ago. vorkam, seemed. Vorliebe, preference. vornehm, noble, distinguished. vornehmen lassen, to be done with. Vorrath, stock. vorräthig, in store. Vorsicht, precaution. vorsprach, told. vorstellt, thinks. vortheilhaft, good. vortrefflich, excellent. vorwerfen, to reproach. vorzüglich, particularly.

Waare, wares. wachsen, to grow. wacker, brave. Waffe, weapon. Wagestück, daring enterprise, adventure. wagte, ventured. wählte, chose. Wahnsinn, craziness. wahren, own, true. währen, to last. während, whilst. Wahrheit, truth. wahrnahm, perceived. Wahrscheinlichkeit, probability. wahrt, protect, care. Waise, orphan. Wald, wood. wallende, waving. Wallfisch, whale. walten, to act, to rule. wälzen, to roll. Wamms, jacket. wandeln, to wander, to walk. wandte (ab), turned away. Wange, cheek. wanken, to move. Wappenschild, escutcheon. Wassernix, waternymph. watend, wading.

Wechseln, to change. Wechselspiel, alternate sway. wecken, to awake. Weg, way. Wegbleibens, staying away. wegen, on account of. wehe thun, to pain. wehmüthig, touchingly. Wehrgehenke, shoulder-belt. Weib, wife, woman. weiblich, female. weich, soft. weidendes, pasturing. Weigerung, opposition, refusal. weil, because. weinen, to cry, to weep. Weise, way, manner. weisen, to manage. weit, far, wide. weiter, farther. welchergestalt, how, in what manner. Welle, wave. Welt, world. Wendung, turn. weniger, less. wenigsten (am), the least. wenig-

ſtens, at least. werfen, to throw. Werken, works, writings.
Weſen, nature, manners. weshalb, wherefore. Wette, wager.
Wichen (weichen), yielded. Wicht, fellow. wider, against.
widerfuhr (widerfahren), happened. Widerrede, Widerspruch, opposition, contradiction. wiederholen, to repeat. wiederkehren, to return.
Wiederſehen, to see again. Wiege, cradle. wiegte zur Ruhe,
shook off, quieted. Wimmern, lamentation. Winkel, corner.
winſelnd, whining. winzig, tiny. Wipfel, crown. Wirbel, pool.
wirklich, really. Wirth, host. Wirthſchaft, household, company.
wiſſen, to know. Wittib, widow. Wittwer, widower.

Woburch, by which. wogen, to heave, to billow. Wogenklang, sound of waves. woher, from where, whither. Wohlbehagen,
comfort, gratification. wohlbekannt, well known. wohnen, to
live, to dwell. Wohnſitz, abode. wohnte (bei), assisted, was
present. wolkig, cloudy. Wölkung, clouds. Wonnen, joy, delight.
wonnige, delightful. worauf, whereupon.

Wunderlich, wunderſam, strange. Wunſch, desire. Wurzel,
root. wüſt, wild. wüthend, violent. wuthentbrannt, furiously.

Zagend, trembling. Zähne, teeth. zanken, to scold, to quarrel.
zart, delicate, tender. Zauber, spell, enchantment. Zauberring,
magic–ring. Zauberin, enchantress. Zauberung, charm, enchantment.

Zehren, to pine, to feed. Zeichen, signs. zeichnen (ſich aus),
to distinguish themselves. zeigen, to show. Zeit, time. zeither,
lately. Zeitraum, period. Zelter, palfrey, ambler. zerhallen,
to die away. zerriſſen (zerreißen), broke, disturbed. zerſchellen,
zerſchmettern, to be dashed to pieces. zerſtäuben, to reduce to
dust. zerſtob (zerſtieben), vanished. zerſtören, to destroy. Zerſtreuung, distraction. Zeug, stuff, substance. zeugen, to testify,
to indicate.

Ziehen, to travel. Ziel, aim, end. ziemlich, tolerable. zierlich, fair. Zinsbörfer, tenure villages. ziſchen, to whizz, to hiss.
zittern, to tremble.

Zofen, waiting-maids. zog (ziehen), drew. zog durch, passed
through. zog entgegen, met, came. zogen aus (ausziehen) undressed. zögern, to delay. Zorn, anger. zornmuthig, angrily.
zuckte, passed, crossed. zuerſt, first. Zueignung, dedication. zu-

fällig, by chance. zufrieden sprechen, to satisfy. Zug, feature, passage. Züge, features. zugeben, to allow. Zügel, bridle. zugleich, at the same time. zu Grunde richten, to ruin. zu Gute halten, to excuse. zuletzt, at last. zu leide thun, to do harm, to hurt. zum Theil, partly. zu Muthe (es war ihm) he felt. Zunge, tongue. zurecht setzen, to reseat. zürnend, angry. Zürnen, anger. zurück, back. zurückgefallen, fell back. zurückgehalten, restrained. zusagen, to suit, to like. zusah, looked at. zusammen (fuhr) startled. zusammenhängen, to connect. zusammen (sich) nehmen, to recover one's self. Zuschauer, spectator. zusperren, to shut up. zutraulich, confidingly. zu thun pflegen, used to do. Zuversicht, confidence, reliance. zuwider, repugnant. Zweck, purpose. zweifach, increase, twofold. zweifelnd, doubting. Zweige, branches. zwingen, to force. zwischen, between.